AF359689

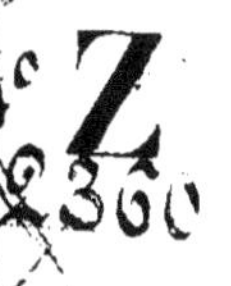

CHR. PFISTER
de l'Institut,
Recteur de l'Académie de Strasbourg

LES SCHWEIGHAEUSER

ET LA CHAIRE

DE LITTÉRATURE GRECQUE

DE STRASBOURG (1770–1855)

SOCIÉTÉ D'ÉDITION: LES BELLES LETTRES
95, Boulevard Raspail, PARIS (VIe)
GREAT BRITAIN, BRITISH EMPIRE, UNITED STATES
HUMPHREY MILFORD, OXFORD, UNIVERSITY PRESS
1927

Prix: 5 frs.

Les Publications de la Faculté des Lettres

de l'Université de Strasbourg

éditent les travaux des maîtres de la Faculté des Lettres, des meilleurs de leurs étudiants et des savants d'Alsace et de Lorraine qui se trouvent en relations avec l'Université.

Leurs volumes reflètent donc la grande variété des enseignements professés à la Faculté et présentent les plus sérieuses garanties d'originalité et de valeur scientifique.

Les publications de la Faculté des Lettres comprennent trois séries :
1º Une série in-8º (série bleue) ;
2º Une série in-16 carré ;
3º Une série *Initiation et Méthodes ;*
la première plus technique, la seconde plus particulièrement destinée au grand public, tout en demeurant strictement scientifique, la troisième, suffisamment définie par son titre.

Chacune des séries est indépendante l'une de l'autre. Dans l'une et dans l'autre, les volumes, numérotés par fascicules, se succèdent sans périodicité ; ils diffèrent d'étendue et de prix ; chacun est mis en vente séparément et forme un tout complet.

———————————— *En vente chez tous les Libraires.* ————————————

SÉRIE BLEUE.

Fasc. 1. Th. GEROLD, **L'art du Chant en France au XVIIᵉ siècle.** 300 pages, avec musique .... 50 fr.
Ouvrage couronné par l'Académie des Beaux-Arts. (Prix Baron de Joest).

Facs. 2. Th. GEROLD, **Le manuscrit de Bayeux,** texte et musique d'un recueil de chansons du XVᵉ s., 200 p. .... 30 fr.

Fasc. 3. E. GILSON, **Études de philosophie médiévale,** 298 p. . 30 fr.
ÉPUISÉ.

Fasc. 4. L. LAVELLE, **La dialectique du monde sensible,** XLI, 232 pages.................................... 25 fr.

Fasc. 5. L. LAVELLE, **La perception visuelle de la profondeur,** 75 pages.................................... 8 fr.

Fasc. 6. P. PERDRIZET, **Negotium perambulans in tenebris :** Etudes de démonologie gréco-orientale, 38 pages, 15 gravures.. 8 fr.

Fasc. 7—8. R. REUSS, **La Constitution civile du clergé et la crise religieuse en Alsace,** Tome I (1790-1792), VII, 380 pages ; Tome II (1793-1795, 343 pages et deux répertoires. Chaque volume .... 30 fr.

Fasc. 9. P. LEUILLIOT, **Les Jacobins de Colmar :** Procès-verbaux des Séances de la Société Populaire (1791-1795), avec une introduction et des notes, XXXVI, 504 pages............ 35 fr.
Ouvrage couronné par l'Académie des Sciences Morales et Politiques (Prix Flach).

Fasc. 10—12. L. ZELIQZON, **Dictionnaire des Patois romans de la Moselle.** *Se vend soit en trois fascicules, prix du fascicule 25 fr., soit broché en un volume complet avec planches et carte. L'ouvrage complet* .... 75 fr.
Ouvrage couronné par l'Académie des Inscriptions et Belles-Lettres (Prix Prost, 1925).

LES SCHWEIGHAEUSER

ET LA CHAIRE

DE LITTÉRATURE GRECQUE DE STRASBOURG

Extrait du
Bulletin de la Faculté des Lettres de Strasbourg,
1925—1926, N⁰ˢ 5, 6, 7; 1926—1927, N⁰ 1

PUBLICATIONS DE LA FACULTÉ DES LETTRES
DE L'UNIVERSITÉ DE STRASBOURG

Fasc. hors série

CHR. PFISTER

de l'Institut,
Recteur de l'Académie de Strasbourg

LES SCHWEIGHAEUSER

ET

LA CHAIRE DE LITTÉRATURE GRECQUE DE STRASBOURG (1770—1855)

SOCIÉTÉ D'ÉDITION: LES BELLES LETTRES
95, Boulevard Raspail, PARIS (VIe)
GREAT BRITAIN, BRITISH EMPIRE, UNITED STATES
HUMPHREY MILFORD, OXFORD, UNIVERSITY PRESS

1927

Les Schweighaeuser

et

la Chaire de Littérature grecque [1)

(1770–1855)

CHAPITRE I

Jean Schweighaeuser

Le premier titulaire qui occupa, à la Faculté des Lettres, la chaire de littérature grecque, en fut certainement l'un des maîtres les plus éminents. Il fut en même temps le premier doyen. Jean Schweighaeuser était, à cette époque, âgé de 67 ans et avait derrière lui un long passé de services. Il forme la transition entre l'ancienne Université protestante de la libre République de Strasbourg et les Facultés de l'Etat français [2).

[1) Nous avons déjà publié dans la *Revue d'Alsace* de 1924 l'histoire de la chaire d'histoire et dans la *Revue internationale de l'enseignement* de 1925 celle de la chaire de littérature française.

[2) Pour la biographie des deux Schweighaeuser, Jean et Jean-Geoffroi, nous avons eu à notre disposition tout un dossier réuni par la famille : lettres qui leur furent adressées, brouillons de lettres envoyées par eux, diplômes, notes et papiers de tous genres, puis toute une série de brochures qui les concernent et ont été pieusement recueillies. Ce dossier appartenait à Mlle Elisa Schweighaeuser, nièce de Jean-Geoffroi, habitant en dernier lieu à Paris, 6, rue du Vieux-Colombier. A sa mort, le dossier a été remis à sa parente, Madame Rocheblave, née Lauth, et notre collègue M. Rocheblave nous l'a communiqué, nous laissant libre de nous en servir comme nous l'entendrons. Nous tenons à le remercier de son obligeance. Le même dossier avait été communiqué, du moins en partie, à M. Ch. Rabany qui en a tiré une conférence faite le 9 juin 1883 au cercle Saint-Simon à Paris (cf. *Bulletin* du cercle et l'article de M. *E. Grucker* dans la *Revue alsacienne,* mai 1884), puis un volume : *Les Schweighaeuser. Biographie d'une famille de savants alsaciens,* d'après leur correspondance inédite. Paris, Berger-Levrault et Cie, 1884, 126 p. avec portraits. Mais nous avons encore trouvé à glaner après Rabany, et nous nous plaçons à un autre point de vue que lui. M. Rocheblave, en quittant Strasbourg, a cédé ces papiers à la bibliothèque universitaire et régionale. D'autres papiers sur les Schweighaeuser se trouvent à la bibliothèque de la ville de Nancy, à laquelle ils ont été cédés par M. Charles Mehl.

Pour la biographie de Jean Schweighaeuser, le principal ouvrage, celui dont dérivent tous les autres, est écrit en un excellent latin : *Memoriae Johannis Schweighaeuseri Sacrum. Seminarii Protestantium theologici nomine scripsit* Jo. Georg Dahler, d. et professor theol. Argentorati, typis Frederici Caroli Heitzii. In-8°, 56 p. — Cf. Charles-C. L. Cuvier, *Eloge historique de M. Jean Schweighaeuser* prononcé le 25 février 1830 dans la séance publique et solennelle des cinq Facultés de l'Académie de Strasbourg, F. G. Levrault, 1830, in-8° de 30 p. — Louis Spach. *Les deux Schweighaeuser* (dans le Bulletin de la Société des monuments historiques, t. VI,

Il était né le 26 juin 1742. Il était le quatorzième et dernier enfant de Jean-Georges Schweighaeuser, pasteur de Saint-Thomas, et, comme tel, membre du chapitre, et de Barbara Ehrlen, fille de Jean-Jacques Ehrlen, pasteur de Sainte-Aurélie et lui aussi chanoine de Saint-Thomas. Il appartenait ainsi à la caste pastorale de la ville et fut élevé avec austérité. Dès l'âge de cinq ans, il fut placé au Gymnase et il promit, selon la formule, *Reipublicae hujus Magistratui fidem ; Academiae, Rectori, Gymnasiarchae et Praeceptori suo obedentiam ; reliquis etiam Professoribus atque Praeceptoribus observantiam ; Civibus humanitatem ; vitam denique totam Gymnasii legibus convenientem.* Avant d'avoir atteint sa treizième année, il a parcouru le cycle des huit classes du Gymnase et le 1er avril 1755 il est immatriculé à l'Université [1]). Il y demeure pendant douze années consécutives. Il apprend le grec et les éléments de l'hébreu avec Scherer, l'éloquence latine et l'histoire universelle avec Jean-Michel Lorenz ; il assiste à quelques-unes des leçons de Schoepflin. Puis, il étudie les mathématiques pures avec Brackenhoffer, la logique, la métaphysique et l'histoire de la philosophie avec Heus [2]), la philosophie morale et politique avec Jean-Frédéric Frid. Dans un troisième stade, il s'adonne à la théologie où ses maîtres sont Lufft pour la dogmatique, la morale et l'Ancien Testament, Reuchlin pour l'histoire ecclésiastique, Beyckert pour le Nouveau Testament et l'éloquence sacrée. Il obtient la permission de monter en chaire et de prêcher ; mais à parler en public il montre une grande timidité et quelques hésitations ; et dès alors, pour vivre et venir en aide à sa famille, il donne des leçons à des camarades plus jeunes, tout en complétant sa propre instruction. Il étudie l'anatomie avec Pfeffinger, l'histoire naturelle avec Spielmann et son ami Jean Hermann. Il forme une collection de plantes et d'insectes qui, réunie à celle de Jean Hermann, sera le premier noyau du beau musée d'histoire naturelle, appartenant à la ville et déposé à notre Université. Le 6 mai 1767 [3]), il soutient, sous la présidence de son maître Reuchlin, toute une série de propositions attestant sa haute culture philosophique et théologique : *Systema morale hujus universi seu de extremo rerum omnium fine* [4]). Il y prouve déjà une familiarité avec la philosophie

---

1869, p. 103 et ss. et dans *Oeuvres choisies*, t. V, p. 175 et ss.). Article de G. Kaibel dans la *Deutsche allgemeine Bibliographie*.

Le nom s'écrivait à l'origine Schweigheuser, avec un simple *e :* sur le diplôme de docteur du père de Jean (22 mai 1708) je trouve même Schweÿcheuser ; mais Jean signa toujours Schweighaeuser.

[1]) G. Knod, *Die Matrikeln der Universität Strassburg*, t. I, p. 434.

[2]) Déjà le 19 septembre 1758, donc à 16 ans, il soutint, sous la présidence de Mathias Heus, douze propositions, *in causas inquirens quae ad philosophandum homines impulerunt.*

[3]) Le 2 mai 1767 il était convoqué par le doyen Scherer à cette soutenance : « Et ut hic tuus Philosophiae gradus Academiae nostrae honorificus sit et tibi utilis, patriaeque tuae atque ecclesiae salutaris, Deum Patrem Dominumque nostrum Jesum Christum oramus ut divinae Majestatis Spiritu deinceps augescas atque confirmeris ; ut is exsistas quem Nos tuique parentes et amici te fore sperarunt atque optaverunt. »

[4]) Argentorati, typis Jonae Lorenzii, in-4° de 51 p. Le travail a été réimprimé dans ses *Opuscula Academica* qu'il réunit en 1806. Argentorati

écossaise d'Adam Smith et de Hutcheson et y montre sa foi dans la révélation, sa confiance dans les Livres Saints qui seuls nous donnent une certitude. Cette soutenance lui valut le grade de maître ès-arts ou docteur en philosophie.

Jusqu'alors, il ne s'était guère éloigné de Strasbourg, sinon pour de courtes excursions à Bâle, à Francfort et à Mannheim, où il assista à une séance de l'Académie Electorale présidée par Schoepflin. Il ne voulait point quitter son vieux père déjà fort âgé ; mais, quelque temps avant la soutenance de sa dissertation, le 21 février 1767, le père était mort ; aussi, quelques jours après la soutenance, le 23 mai, il se mit en route, pour compléter son éducation par une visite aux « capitales de la science »[1]). Nous avons sous les yeux son journal de voyage. Ce journal est écrit en français, il faut bien le noter ; en français est aussi la correspondance de Schweighaeuser avec ses enfants. Le français devenait, au milieu du XVIIIᵉ siècle, la langue courante de la bourgeoisie strasbourgeoise ; le latin restait la langue savante et c'est en latin élégant et cicéronien que le professeur de Strasbourg a écrit ses commentaires sur les écrivains grecs qu'il éditait. Schweighaeuser maniait, du reste, fort bien la langue allemande, celle dans laquelle il avait prêché, étant étudiant en théologie ; il comprenait aussi l'anglais et dans notre dossier se trouvent des lettres en cette langue. Il arrive donc à Paris le 31 mai, loge chez M. Baton, maître de vielle, rue du Chantre, qui donne sur la rue Saint-Honoré, et demeure à Paris presque une année entière, jusqu'au jour de Pâques, 3 avril 1768. Il visite tous les monuments dont il parle avec enthousiasme, explore les environs, Saint-Cloud, Versailles, Chantilly ; mais il est venu surtout pour s'instruire : et la première personne qu'il va voir est M. des Guignes, professeur au Collège de France. Il se met à son école, apprend sous sa direction le syriaque et l'arabe ; et c'est à l'étude des langues orientales qu'il semble vouloir s'adonner. Il se rend ensuite chez M. Caperronier, directeur de la bibliothèque du roi, et l'ancien « hôtel de Nevers, rue de Richelieu, où la compagnie des Indes s'assemblait autrefois », le vit bien souvent dans ses salles ; il note dans son journal les livres remarquables et les manuscrits qu'il a tenus entre ses mains. Il ne néglige point les bibliothèques des abbayes de Saint-Germain et de Saint-Victor. Il se rend de temps en temps au théâtre, voit jouer à la Comédie Française le *Misanthrope* et la *Métromanie*, s'ennuie à la tragédie *les Illinois*. Les dimanches, il assiste au service religieux dans les églises des diverses ambassades, Angleterre, Hollande, Danemark, va surtout « à la chapelle » de l'ambassade de Suède entendre M. Baer. Le temps s'écoulait ainsi rapidement. Il se proposait de se rendre

---

ex typographica societatis bipontinae, 2 vol. in-8º de XIV-198 et 215 p. Le t. I contient les *Commentationes philosophicae ;* le t. II les *Commentationes philologicae.* Le 1ᵉʳ est dédié à M. de Gérando, le 2ᵉ à Christophe-Gottlieb Heyne, l'illustre professeur de Gœttingue.

[1]) La mort de son père lui laissait un petit pécule qui lui permit de pourvoir aux frais du voyage. Le 14 mai 1767 devaient se faire entendre en public une série de candidats *secundae* ou *primae laureae :* mais Jean Schweighaeuser est indiqué sur l'affiche comme absent.

en Angleterre pour compléter ses études orientales, lorsque Hassenkamp, le futur professeur de Marbourg, lui parla de l'enseignement oriental de Michaëlis à Gœttingue ; celui-ci seul pourrait compléter les leçons de des Guignes. Le jeune homme prend aussitôt le carrosse pour Metz, et de là, sans faire le crochet vers Strasbourg, gagne directement Deux-Ponts, Marbourg, Cassel et arrive à Gœttingue le 17 avril au soir [1]). Il courut le lendemain entendre le cours de Michaëlis : « C'était la dernière leçon sur la philosophie morale. Je vis avec regret qu'il prend la félicité individuelle de chacun pour le principe de la morale », et le journal réfute avec vigueur cette philosophie du bonheur. Mais avec Michaëlis, il achève d'apprendre les langues orientales ; puis il fait connaissance avec toute une série de savants déjà formés ou futurs savants, Walch, Miller Pütter, Heyne, Feder, Dieze, Gottfried Less qui sera le parrain de son fils aîné Geoffroi. De son séjour à Gœttingue, qui se prolongea jusqu'au 26 septembre, il garda le souvenir le plus ému ; c'est là qu'il contracta les amitiés les plus chères.

Après Gœttingue, il voulut visiter les autres Universités allemandes et par le Hartz et Halberstadt, il se rendit à Halle, où il suivit les cours de Meyer et Segner, puis à Leipzig, où il passa tout l'hiver de 1768-1769. Il y fit la connaissance de Reiske, qui s'était consacré à la philologie grecque, et de sa femme qui devint, elle aussi, helléniste remarquable ; dans notre dossier sont des lettres de Mme Reiske. Mais là aussi, avec Dathius, il s'occupa surtout d'arabe et de syriaque. Il assista, au début de 1769, dans Dresde, au mariage de l'électeur de Saxe Auguste IV, visita les Musées, séjourna seize jours à Berlin, y assista à une réunion de l'Académie des Sciences, où il fit la connaissance de Basedow ; quitta définitivement Leipzig le 22 mars. En route, il s'arrêta à Barby, la célèbre colonie de frères moraves à la tête de laquelle était placé l'arabisant Pilder, à Wolfenbuttel où il travailla à la bibliothèque *guerferbytana*, à Hambourg où il s'entretint avec Lessing ; finalement, il s'embarqua pour l'Angleterre. La traversée dura seize jours et laissa à Schweighaeuser des souvenirs qu'il rappelait encore en sa vieillesse. Mais quelle joie de se trouver à Londres, de pouvoir visiter chaque jour le Musée britannique et la bibliothèque royale, de faire la connaissance de l'orientaliste Antoine Askew, de le réconcilier avec Reiske, d'assister à Oxford au cours de l'orientaliste White, d'y saluer l'évêque Lowth ! Puis ce fut le retour par Rotterdam, La Haye, Utrecht, Leyde, Anvers, Bruxelles, la connaissance des savants des Pays-Bas et de la Belgique. En août 1769, Schweighaeuser était rentré à Strasbourg. Il était resté absent plus de deux ans ; désormais il va se consacrer tout entier à sa ville natale et il ne la quittera plus, sinon pour une excursion en Lorraine et quelques séjours aux eaux de Bade, de l'autre côté du Rhin.

Il se mit alors au service de l'Université, encouragé surtout par le

---

doyen de la Faculté de Droit Treitlinger ; il donna des leçons privées de langues orientales qu'il avait appris à connaître en son long voyage, mais sans abandonner l'étude de la philosophie. Son ambition était d'acquérir une chaire à l'Université et il était disposé à se mettre sur les rangs à la première vacance. Or, par un décret du Magistrat du 24 mars 1770, le nombre des chaires à la Faculté de philosophie avait été réduit à six (éloquence et histoire ; philosophie pratique ; mathématiques ; physique ; grec et langues orientales ; logique et métaphysique). Cette dernière chaire se trouva vacante par la démission de Nicolaï ; elle fut briguée par Philippe-Jacques Müller, précepteur au Gymnase, et Jean Schweighaeuser. Comme elle ne convenait point à Müller, que pourtant, à cause de son âge et des services rendus, on ne pouvait repousser, la Faculté, dans un convent solennel du 21 juillet 1770, décida de demander le titre de *professor ordinarius designatus logices et metaphysices* pour Müller, avec cette clause que, dès que l'une des cinq autres chaires de la Faculté serait vacante, il l'occuperait de plein droit ; et l'on donna à Schweighaeuser le titre de *adjunctus logices et metaphysices*, avec promesse de la chaire, dès que Müller serait pourvu ailleurs ; le Conseil de la Ville et les XXI approuvèrent cette délibération sur la proposition des scolarques. Il fut du reste décidé que, tout comme Jacques Müller, Schweighaeuser aurait la *venia legendi et disputandi* et le 15 novembre 1770 l'un de ses élèves, Jean-Daniel à Zabern disputa, sous sa présidence, sur cette question : *An clarior pleniorque homini data sit corporearum quam propriae mentis cognitio*[1]) et il répondait par la négative. L'homme se connait d'abord lui-même avant de connaître les choses extérieures ; Schweighaeuser se détachait ainsi de l'école sensualiste alors à la mode. Pendant sept années, il enseigna ainsi à l'Université la logique, la métaphysique et l'histoire de la philosophie ; il préparait aussi les débutants à la vie universitaire par des exercices propédeutiques : il donna des leçons d'anglais ; il rédigea pour les candidats qui voulaient devenir maîtres ès-arts quelques thèses : *Boni malique moralis distinctio sensu morali est iudicanda*, où il suivit la doctrine de Hutcheson[2]) ; *Sententiarum philosophicarum varii argumenti fasciculus primus*[3]), *fasciculus secundus*[4]), *fasciculus tertius*[5]). Rattaché désormais à l'Université, il avait une position modeste sans doute, mais assurée[6]), et il put

---

. [1]) Argentorati, in-4°. On sait que ces thèses, soutenues par des étudiants, étaient en général l'œuvre du professeur qui présidait la soutenance. La thèse a été réimprimée dans les *Opuscula academica*, 1re partie, p. 52-71.

[2]) Soutenue le 23 août 1773 par Jean-Michel Friess, de Strasbourg. Reproduit dans les *Opera academica*, I, p. 72-82.

[3]) Soutenue le 20 décembre 1774 par Jean-Guillaume Grauel, de Strasbourg. *Opera academica*, I, p. 85-98.

[4]) Soutenue le 17 juillet 1775 par Jean-David Rœderer, de Strasbourg, *Opera academica*, I, p. 99-112.

[5]) Soutenue le 23 juin 1777 par Jean-Samuel Geyler, de Strasbourg. *Opera academica*, I, p. 113-153.

[6]) Quand on prit le 21 juillet 1770 la décision que nous avons rapportée, on s'attendait à la mort prochaine de Scherer dont Müller devait prendre la place. Mais Scherer s'obstina à vivre encore pendant sept

songer à fonder un foyer. Il se maria le 10 janvier 1775 à Catherine-Salomé Haering, fille de Jean-Richard Haering, notaire public de la République strasbourgeoise. C'était une femme d'élite, très instruite, maniant avec élégance le vers allemand, d'une sensibilité charmante et qui lui apportait une dot assez forte ; ce mariage fut béni par la naissance de huit enfants, six garçons et deux filles [1]).

En 1777 mourut le professeur de grec et de langues orientales, Jean-Frédéric Scherer. Aux termes de l'accord du 21 juillet 1770, Müller aurait dû occuper la chaire vacante et Schweighaeuser devenir titulaire de la chaire de logique et de métaphysique. Mais Müller fut appelé en 1778 à une chaire de la Faculté de théologie et on appela Schweighaeuser à la chaire de grec et de langues orientales [2]). Il en prit possession le 24 novembre 1778 par un discours inaugural — oratio inauguralis [3]) — auquel le recteur Jean-Michel Lorenz avait invité tous les suppôts de l'Université et toutes les autorités de la ville [4]). Il annonça en terminant qu'il traiterait des rapports entre l'étude de la nature et celle des langues, ou entre la philosophie et la philologie, les deux sciences dont il avait enseigné l'une, dont il allait enseigner l'autre. Nous pensons que l'auditoire dans le *brabeuterion* fut nombreux et sut goûter les périodes de la belle harangue latine.

Un hasard de vacance fit un professeur de grec de Schweighaeuser qui longtemps, dit-on, regretta l'enseignement de la philosophie [5]) ; un autre hasard va en faire un savant éditeur de textes.

---

ans. Schweighaeuser se plaignit des médiocres émoluments que lui rapportait sa place de professeur adjoint, alors qu'il avait sacrifié son patrimoine pour ses voyages.

[1]) Les enfants furent Jean-Geoffroi, né le 2 janvier 1776 et dont il sera longuement question plus loin ; Théophile, né en mars 1777 et mort jeune ; Charles, né le 22 mars 1779, mort à Vienne le 4 juin 1809 d'une blessure reçue le 22 mai à la bataille d'Essling et qui avait rendu nécessaire l'amputation de la cuisse droite ; Charlotte, née le 4 mai 1781, et qu'épousa en l'an XII (1804) Chrétien-Maurice Engelhardt, chef du bureau de police de la mairie de Strasbourg, l'auteur du volume sur *Herrade de Landsberg et le Hortus deliciarum;* François, né le 22 octobre 1786, plus tard négociant, se maria à Henriette Lauth, † 1er août 1833. De ce mariage naquit Alfred Schweighaeuser (voir sur celui-ci plus loin) ; Victor, né le 26 janvier 1791, mort à la Nouvelle-Orléans, le 24 septembre 1822 ; il avait le titre d'instituteur ; enfin Sigfrid, né le 12 juin 1796, mort jeune.

[2]) La chaire de logique et de métaphysique fut donnée à Jean Hermann qui jusqu'alors avait été professeur extraordinaire à la Faculté de médecine.

[3]) Argentorati, typis Joh. Henrici Heitzii, 4 p. in-fol.

[4]) Lorenz inséra dans sa lettre une longue biographie du nouveau titulaire, composée par celui-ci même, alors âgé de 36 ans ; c'est la source qui nous a fourni la plupart des renseignements que nous venons de donner. Cette autobiographie est reproduite dans le travail de Jo. Georg Dahler.

[5]) Il écrivit : « Je me vis tout d'un coup lancé dans un champ lequel j'avais bien en partie cultivé autrefois avec quelque succès, mais qui, surtout depuis huit ans que je m'étais entièrement livré à la partie toute différente pour laquelle j'avais été constitué, m'était devenu tout à fait étranger. » Et il se plaignit amèrement qu'on lui eût supprimé quelques indemnités dont il jouissait jusqu'alors. Il lui tardait d'être nommé chanoine de Saint-Thomas.

A Strasbourg vivait à ce moment un ancien commissaire des guerres, Richard Brunck ; il avait, pendant la guerre de Sept ans, suivi les armées françaises en Allemagne et fut logé à Giessen chez un professeur de l'Université. Là il relut, pour se rappeler les années de collège, un certain nombre d'auteurs grecs, se prit pour eux d'une vive admiration et désormais il consacra tous ses loisirs à leur étude. Il s'aperçut bientôt que les éditions parues depuis la Renaissance étaient remplies de fautes : une fois en retraite et installé à Strasbourg, il entreprit d'en donner des éditions correctes. C'est ainsi qu'il publia, en 1776, ses *Analecta veterum poetarum*. Brunck et Schweighaeuser s'associèrent, et, en 1779, parut sous le nom de Brunck seul, un choix de pièces de Sophocle et d'Euripide (dans un recueil l'*Electre* du premier, l'*Andromaque* du second ; dans l'autre *Œdipe roi* et *Oreste*)[1]. Mais Schweighaeuser avait collaboré à ces éditions qui devaient servir à ses cours ; il avait tempéré les audaces de Brunck, toujours disposé à proposer des leçons nouvelles. Or, à ce moment, un médecin de Londres, Samuel Musgrave, connu par son édition d'Euripide, songeait à donner un texte correct d'Appien. Le principal manuscrit se trouvait à Augsbourg ; par les soins de Brunck, il put être transporté à Strasbourg et Schweighaeueser fut chargé d'en faire la collation. Musgrave mourut sur ces entrefaites ; Schweighaeuser continua le travail pour son compte et il y apporta une véritable passion. Il publia d'abord, en 1781, ses *Exercitationes in Appiani Alexandrini romanas historias*, divisées en six sections[2] où il réunit tous les témoignages anciens sur Appien, où il discute la division de l'ouvrage, signale les livres qui restent, ceux qui sont perdus, démontre surtout que le *Parthicus liber*, si malheureux pour la réputation de son auteur, n'est pas de lui. Dans un second opuscule, paru à la fin de la même année, *De impressis ac manuscriptis historiarum Appiani Alexandrini codicibus*, il énumère tous les manuscrits de son auteur, en montre le mérite ou les défauts, insiste sur l'importance du manuscrit d'Augsbourg[3]. Il avait ainsi réuni tous les éléments de son édition qui parut avec

---

[1]) Les deux typis Joh. Henri Heitzii, 1779, in-8°. Schweighaeuser, tout en se livrant à ces travaux d'érudition, a voulu aussi être utile à la jeunesse. Il publia en 1780, chez Joh. Henri Heitz, un *Teutsches Lesebuch für die Jugend zum Gebrauche des Strassburgischen Gymnasiums*, in-8°, qui eut trois éditions. C'étaient des dissertations et des morceaux choisis sur le corps, l'âme, Dieu, les trois règnes de la nature, l'histoire. Il traduisit plus tard en latin un fragment de ce *Lesebuch* et publia cette traduction dans les *Opuscula academica*, I, p. 188-197.

[2]) Les trois premières sections formèrent des thèses qui furent soutenues par Jean-Georges Dahler qui sera plus tard le biographe de son maître (19 mars 1781), la quatrième par Godefroi Heisch (21 mars), la cinquième et sixième par Jean-Jacob Küss (23 mars), tous trois Strasbourg, *Opera academica*, t. II, p. 3-96.

[3]) *Accedit novae editionis specimen*, Argentorati, 1781, Lorenz et Schuler, in-4°, 63 p. Comme le montre une autre feuille du titre, ce mémoire servit de soutenance à Jean-Daniel Lenz (25 septembre) et à Jean-Simon Herrenschneider (26 septembre), *Opera academica*, II, 97-134. Les manuscrits de Rome furent collationnés pour Schweighaeuser par Andreas Birch. Dans notre dossier se trouvent de nombreuses lettres de celui-ci datées de Rome de 1781 à 1783 ; elles contiennent à côté des indications sur les textes d'Appien de nombreux renseignements bibliographiques.

une traduction latine en trois volumes, en 1785, à Leipzig, *apud Weidmann heredes et Reichium*[1]). Cette édition fut accueillie avec faveur ; l'éditeur Reich écrivit au maître de Strasbourg : « Nous continuerons le voyage ensemble, sans nous soucier s'il rapporte profit ou perte ; le plaisir de votre société est pour nous une récompense suffisante ».

Ces mêmes années, Schweighaeuser, jadis professeur de philosophie, maintenant professeur de grec, rédigea pour les exercices de ses élèves deux mémoires, l'un sur la théologie, l'autre sur les mœurs de Socrate, pour lequel il professait la plus vive admiration et en qui il voyait le type le plus élevé de l'antiquité païenne[2]). Déjà il préparait une édition de Polybe, et en réunissait les éléments. Or, dans le lexique de Suidas, de nombreuses citations sont faites tant d'Appien que de Polybe. Il n'est donc pas étonnant que le maître eût réuni en des dissertations académiques ses *Emendationes et observationes in Suidam*[3]) pour servir de sujets de discussion et d'argumentation à deux de ses étudiants. Schweighaeuser vivait ainsi paisiblement au milieu de ses livres, tout préoccupé de corrections à faire aux vieux textes grecs, aimé de ses étudiants, entouré de ses nombreux enfants. Devenu finalement, après une longue attente, chanoine de Saint-Thomas, il avait pris possession de la paisible maison canonicale du n° 15 de la place Saint-Thomas, que les constructions allemandes ont fait disparaître. La prébende qu'il touchait du chapitre en sacs de blé, les honoraires que lui versaient les étudiants lui permettaient de vivre convenablement lui et les siens ; la révolution de 1789 va tout d'un coup jeter le trouble dans son foyer.

*   *   *

Et pourtant, Schweighaeuser salua avec enthousiasme l'aurore de cette révolution. Quand l'ancienne République devint une commune à l'instar de celles de la France, il consentit à être élu membre de son Conseil général, après avoir toutefois refusé, en raison de ses travaux scientifiques, la charge d'officier municipal. Il envoya à ce moment à la Constituante un projet de création en France de grandes Universités groupant de 15 à 20 départements, et il montra pour quelles raisons Strasbourg devait être le siège de l'une de ces Universités[4]). Fidèle à la politique du maire Frédéric de Dietrich, il signa avec lui l'acte de protestation contre la journée du 10 août 1792, qui mettait fin à la première Constitution, votée naguère avec tant d'enthousiasme. Il devint dès lors suspect aux exaltés, et pour-

---

[1]) Format in-8°.

[2]) *Theologia Socratis*, soutenue le 16 septembre 1785 par Jean-Frédéric Aufschlager, le futur historien de l'Alsace qui se dit *auctor*. *Mores Socratis* soutenu le 7 décembre 1785, par Jean-André Kamm qui se dit *auctor*. Les deux dissertations dans les *Opera academica*, I, p. 134-187.

[3]) Soutenues comme thèses le 17 et 18 juin 1789 par Philippe-Jacques Heisch et Jean-Daniel Wagner. *Opera academica*, t. II, p. 135-198. On y ajoute p. 199-215 un *Novus fasciculus emendationum et observationum in Suidam a Lud. Küstero editum*.

[4]) Document publié par Ch. Rabany, *o. c.*, p. 11. Schweighaeuser souscrivit le 21 décembre 1789 à la contribution patriotique pour 780 livres.

tant il était prêt à tous les sacrifices pour la France, à laquelle l'Alsace était intimement unie. Son fils aîné Geoffroi, âgé de seize ans, s'était engagé et se battait dans le Palatinat contre les Autrichiens et les Prussiens ; et il recevait de ses parents des lettres remplies des sentiment d'un patriotisme exalté, et aussi de tristesse et d'inquiétude sur le sort de l'ami Dietrich, alors traîné devant le tribunal criminel du Doubs. On a publié les lettres de sa mère[1] ; voici des fragments de celles que lui adressa son père :

Jeudi, 3 janvier (1793).

Hier soir nous avons célébré la fête de votre naissance, Remp[2] et sa femme, Clef avec son prétendu, Richard et Dahler[3] ; nous étions très contens ensemble, et pour le comble de notre satisfaction il ne nous manqua que votre présence ; ce petit souper se fit dans notre petit appartement..... Je crois que maman vous a déjà marqué que, tout prévenu qu'on était généralement à Besançon contre F. D. *(Frédéric de Dietrich)*, cependant les réponses qu'il a faites à ses juges lors de son premier interrogatoire, auquel il assistait une grande foule de monde, lui ont attiré tous les cœurs. On s'attend à une très bonne tournure que prendra son affaire, et Petzel[4] est avec lui. Le 26 décembre Louis a été à la barre. Son défenseur de Sèze a très bien parlé et a été entendu avec intérêt. Son plaidoyer sera imprimé. La Convention nationale discute maintenant journellement sur le parti à prendre. L'on pense que le parti de la clémence prévaudra. Dans une des dernières séances l'on a présenté des vues qui pourraient mener à une paix prochaine et au bonheur de la France. Le bon Dieu y dise son Amen ! Le 15 janvier le comité de Constitution doit présenter le projet de la nouvelle Constitution. J'espère que vous lisez les *Bulletins* de la Convention qui doivent régulièrement être envoyés à tous les bataillons. J'ai reçu le volume de Plutarque par la diligence. Les nouveaux commissaires de la Convention nationale ne sont pas encore arrivés. On dit que Rühl est tombé malade...

Les commissaires annoncés furent à Strasbourg le 9 janvier. Ils suspendirent Schweighaeuser de ses fonctions de membre du Conseil général de la commune. Mais celui-ci n'en continua pas moins à s'intéresser à la politique : il signa, en mai 1793, une adresse à la Convention pour la supplier de donner à la France une Constitution définitive[5]. Mme Schweighaeuser écrivit le 11 mai à son fils Geoffroi : « Papa te salue ; il est tellement lié aux occupations que demande la chose publique qu'en attendant qu'on le persécute, il y travaille sans cesse ». Mais bientôt les Girondins sont écrasés ; Schweighaeuser est arrêté et enfermé au séminaire. Le 28 septembre, Mme Schweighaeuser écrit :

Je viens de recevoir ta lettre. Je n'attendais pas moins d'un enfant qui estime son vertueux père. Je m'étais promis que les représentants Milhaud et Riom reviendraient ici et je leur voulais communiquer un écrit de papa où il rend compte à ses concitoyens de toutes ses démarches depuis

---

[1] Ch. Rabany, *o. c.*, p. 71 et ss.
[2] Ami et parent de la famille.
[3] Le futur professeur à la Faculté de Théologie.
[4] Nous ignorons de quel personnage : il s'agit sans doute d'un surnom.
[5] Séinguerlet, *Strasbourg pendant la Révolution*, p. 158.

la Révolution[1]). Ce n'est qu'une feuille écrite aussi simplement que l'ont toujours été ses sentiments et ses actions. Il est impossible de s'y tromper et les faits sont attestés par tous les citoyens qui le connaissent. Les représentants Lacoste et Mallarmé dont la réputation est faite à exciter la confiance sont ici ; mais une motion du Club arrêté hier soir déclare comme suspectes les femmes et généralement tous ceux qui s'intéresseront pour les détenus et les condamne à la même peine. Papa n'a donc pas voulu que je fasse une démarche près d'eux.

« J'ai pris le parti d'envoyer par la poste l'écrit de papa aux représentants auxquels j'ai déjà parlé[2]), et une lettre en forme de pétition pour être communiquée aux représentants Lacoste et Mallarmé. »

Les démarches de la femme réussirent. Le père fut déclaré libre à la condition de s'éloigner des frontières à une distance de vingt lieues. Les autres détenus furent placés dans des voitures à échelles, sur des sièges de paille, et conduits à Besançon ; Jean Schweighaeuser partit pour Châtenois et, par la vallée de Sainte-Marie-aux-Mines, gagna la Lorraine. Il choisit comme résidence Baccarat, où sa femme vint le rejoindre avec quatre de ses enfants[3]). Il trouva un modeste logis ; mais, pendant son exil, le travail lui fut un refuge et une consolation.

Il avait emporté avec lui ses livres, les divers ouvrages sur Polybe, les variantes qu'on lui avait signalées. Déjà les premiers volumes de son édition avaient paru à Leipzig, chez Weidmann ; dans sa retraite de Baccarat, il poursuivit le travail. Mais pourquoi veille-t-il si tard ? Pourquoi cette lampe encore allumée à minuit ? Pourquoi ces envois de lettres à Leipzig, où s'imprime son Polybe ? Cet homme exilé de sa ville natale ne serait-il pas un conspirateur ? Les Jacobins de Baccarat s'émeuvent et veulent sauver la République. Mais bientôt on fut renseigné ; on sut en présence de quel savant on se trouvait. Schweighaeuser eut du reste soin d'envoyer au Comité d'instruction publique de la Convention les tomes VI et VII de son Polybe, s'excusant d'avoir été obligé d'imprimer ce volume en Allemagne, dans « le pays des esclaves » ; et au t. VI, il date la préface : *anno libertatis populo Gallo-Francorum restitutae III* (l'an III de la liberté rendue à la France), soit 1793.

Il achevait cette œuvre lorsqu'en 1794, après une année de séjour à Baccarat, il put retourner à Strasbourg[4]). L'édition parue de 1789 à 1795 com-

---

[1]) Nous n'avons malheureusement pas retrouvé cet écrit dans le dossier.

[2]) Milhaud et Riom.

[3]) Charlotte, François, Sophie et Victor.

[4]) Le 14 vendémiaire an III (5 octobre 1794), de la République, la municipalité de Baccarat (François Drouet, maire) lui remit le certificat suivant: « Le Conseil général de la commune certifie que depuis le 29 vendémiaire dernier, an 2e de la République, le sr Jean Schweighaeuser s'est conduit en citoien paisible et loyal, qu'aucune plainte n'a été portée contre lui, qu'il n'a cessé de donner tant par ses discours que par ses actions des preuves non équivoques de son dévouement le plus entier à la République française une, indivisible et démocratique et de son attachement le plus inviolable à la cause de la Liberté et de l'Egalité et qu'enfin en toutes occasions il a volontairement contribué selon ses facultés au soulagement de nos frères, les défenseurs qui combattent pour la République et le salut de la patrie. » Le 15 brumaire l'an III (5 novembre 1794), l'agent national de la commune de Strasbourg Schwingdenhammer écrivit au citoyen Schweighaeuser, professeur : « Le représentant du peuple Foussedoire, député dans le département du Bas-Rhin, a levé la défense qui t'avait été faite de t'en

prend neuf volumes. Les quatre premiers renferment le texte avec une élégante traduction latine [1]). On sait que nous n'avons qu'une partie de l'œuvre de Polybe ; trente-cinq de ses livres sont perdus ; on n'en connaît que des fragments épars. Schweighaeuser s'est appliqué à en retrouver la vraie place dans l'œuvre. Le texte est établi avec soin ; les hellénistes récents reprochent seulement au savant strasbourgeois de n'avoir point donné assez d'importance au manuscrit du Vatican. La traduction latine est exacte et en plus élégante à souhait. Dans les cinq derniers volumes on trouve les annotations et remarques, un index historique et géographique, et enfin un lexique de la langue de Polybe. Schweighaeuser a ainsi créé cet usage d'un lexique spécial à chaque écrivain qui permet de mieux pénétrer les particularités de sa langue propre et qui sont les éléments d'un lexique général de la langue.

*　*　*

Quand Schweighaeuser revint à Strasbourg, il y retrouva sa maison canoniale ; car la Constituante avait refusé de mettre à la disposition de la nation les biens du chapître protestant de Saint-Thomas et en général ceux des protestants d'Alsace. Les maisons continuaient donc d'abriter les professeurs de l'Université protestante ; et les revenus des autres biens-fonds leur devaient servir de traitement. Mais les biens étaient mal gérés ; les paysans se refusaient à fournir les sacs de blé convenus par leurs baux, et médiocre était la compétence qu'on payait aux maîtres. Ils se crurent pourtant tenus de continuer leurs cours, bien que la Convention eût décrété l'abolition de toutes les Universités, et sans doute Schweighaeuser accueillait les étudiants qui lui venaient demander des explications grecques. Mais l'Etat à son tour voulut créer un enseignement à lui propre, le même dans la France entière, et voilà pourquoi il institua à la fin de 1795, dans chaque département, une Ecole centrale. Schweighaeuser, qui avait besoin de procurer des ressources à sa famille — l'exil de Baccarat l'avait ruiné — s'y fit nommer professeur de littératures anciennes. Tous les jours, de 9 heures à 11, il y enseignait alternativement le latin et le grec, une heure aux débutants, la seconde à ceux qui étaient plus avancés. Il eut ce principe fort juste de mettre entre les mains des élèves les éditions complètes d'un auteur, de leur en expliquer des fragments très étendus pour les engager à lire l'ouvrage entier. Ses cours étaient suivis par dix ou vingt élèves, rarement davantage : et vraiment on doit déplorer que l'unique maître qui enseignait alors le latin à Strasbourg ne trouvait pas plus de vingt élèves. Ces écoles centrales où chaque élève choisissait arbitrairement les disciplines qu'il entendait suivre, où il n'y avait point d'enseignement gradué, ont subi un complet échec.

Il restait à Schweighaeuser les après-midi et les soirées pour faire de la science. Il était l'éditeur d'Appien et de Polybe : il va devenir celui d'Epictète. Dans ces temps troubles de la Révolution, les idées stoïciennes étaient revenus à la mode. Elles avaient soutenu ceux qui étaient persé-

---

retourner à Strasbourg. Chargé de l'exécution de son arrêté, je t'en transmets la nouvelle officielle ».

[1]) *Polybii Megalopolitani historiarum quidquid superest* recensuit, digessit, emendavit interpretatione, varietate lectionis, adnotationibus, indicibus illustravit Joh. *Schweighaeuser.* Lipsiae, libraria Weidmannia.

cutés, qui languissaient dans les prisons ou l'exil, Villebrune, banni par le
Directoire, ou Gaston Camus, compagnon de captivité de La Fayette à
Olmütz. Schweighaeuser trouve un grand plaisir à s'occuper des pensées
de l'esclave Epictète que la philosophie avait rendu véritablement libre.
Il se fait envoyer à Strasbourg les manuscrits de la grande bibliothèque de
Paris, les collationne soigneusement avec l'édition d'Upton, découvre dans
le commentaire de Simplicius un passage qui permet de constater dans le
Manuel une grave lacune et d'expliquer un passage incompréhensible,
charge son fils Geoffroi qui se trouvait alors à Paris de lire à l'Institut le
mémoire qu'il a écrit à ce sujet, et c'est une manière de payer sa dette de
reconnaissance à la Compagnie dont il a été élu associé non résidant [1]. La lecture eut lieu le 2 janvier, le jour de naissance de Geoffroy ;
elle produisit une certaine émotion, puisque dans le passage retrouvé Epictète conseillait au sage de quitter sa patrie en cas de trouble et que ces
lignes étaient comme une justification de l'émigration [2]. En 1798, Schweighaeuser publia successivement chez l'éditeur Weidmann à Leipzig le
Manuel d'Epictète et le *Tableau de la vie humaine* par Cébès sous trois
formes: le texte grec seul, in-12 [3]), puis le texte grec avec traduction latine,
in-12 [4]), le texte grec et latin, avec des notes étendues, in-8º [5]). Puis les années
suivantes, 1799—1800, il donna, en édition savante, chez le même Weidmann, les *Epicteteae philosophiae monumenta* en 5 volumes. T. I : *Epicteti
dissertationum ab Arriano digestarum libri IV ;* T. II, *Notae in Epicteti
dissertationes ;* T. III, *Enchiridion, fragmenta, indices ;* T. IV. *Simplicii
commentarius in Epicteti Enchiridion.* T. V. *Enchiridii paraphrasis chris-
tiana, Nili Enchiridion et notae ad Simplicii commentarium* [6]). Et quelque
temps après, à l'usage de ses étudiants de Strasbourg, il donnera une nouvelle édition classique de la table de Cébès, en se servant des trois manuscrits déjà connus de Gronovius et d'un quatrième que son fils Geoffroi
collationna pour lui à Paris [7]).

Mais déjà il s'était attaqué à un autre écrivain. La société pour la
publication des auteurs anciens, établie à Deux-Ponts, lui demanda une
édition des *Deipnosophistae* d'Athénée. Le caractère encyclopédique de cette
œuvre, les développements d'histoire naturelle qui y sont nombreux, les
citations des poètes grecs avec lesquels il n'était pas familier — il ne connaissait pas à fond les règles de la métrique — le firent hésiter longtemps.
Néanmoins il se mit à l'œuvre, comptant sur le concours de Brunck et sur
celui de son ami le naturaliste Jean Hermann. Or l'un et l'autre concours
lui firent défaut. Hermann mourut quand le travail était à peine commencé ; les orages de la Révolution avaient refroidi l'enthousiasme de

---

[1]) Le 13 février 1796, dans la troisième classe, littérature et beaux-
arts, section des langues anciennes. Les autres correspondants à Strasbourg étaient Brunck, le mathématicien Arbogast, Jean-Jérémie Oberlin,
Christophe-Guillaume Koch et le médecin Lombard, de l'hôpital militaire.

[2]) Le texte de la lecture se trouve dans les Mémoires de l'Institut
National des arts et des sciences pour l'an IV de la République, t. I, p. 470.

[3]) *Epicteti Manuele* et *Cebetis tabula graece.* Lipsiae in libraria
Weidmannia.

[4]) Même titre, graece et latine.

[5]) Même titre.

[6]) Lipsiae, in libraria Weidmannia, 1799 et 1800.

[7]) *Cebetis Tabula vitae humanae* graece. Adspersi sunt ad calcem
libelli tironum in usum flores nonnulli graecorum poetarum. Argentorati,
apud Jo. Henr. Heitz et apud Societatem Bipontinam. MDCCCVI.

Brunck, qui ne songeait plus qu'à se préparer à la mort. Schweighaeuser n'en continua pas moins son travail. Il avait reconnu qu'un manuscrit de Venise, enlevé par Bonaparte à la bibliothèque de Saint-Marc, était la copie d'où dérivaient toutes les autres et de Paris son fils Geoffroi lui relevait avec soin les leçons de cet archétype. Il put ainsi, de 1801 à 1807, donner les cinq volumes de son édition, avec neuf volumes d'observations, et de dissertations, ouvrage attestant un travail immense, un grand dévouement à la cause des lettres et aussi une complète abnégation personnelle [1]). Ces travaux le soutinrent dans les deuils cruels qui l'accablèrent en ces temps. Sa femme, Catherine-Salomé Haering, mourut le 23 mars 1807 et, en 1809, l'un de ses fils, le lieutenant Charles Schweighaeuser, fut emporté à l'hôpital de Vienne, à la suite de blessures reçues à la bataille d'Essling.

Mais tout en se livrant à la critique des auteurs grecs, Schweighaeuser n'oubliait point ses anciennes études de philosophie ; il gardait même pour les œuvres de sa jeunesse une véritable prédilection. Et voici que Kant a construit son système qui excite partout la plus vive admiration. L'ancienne philosophie n'en est-elle pas ébranlée ? Schweighaeuser ne le pense pas ; il écrit à son fils le 27 novembre 1803 : « Tout ce que cette philosophie *(de Kant)* a de bon et de réel dans la partie théorique aussi bien que dans la partie pratique, je l'avais dit, écrit et enseigné avant lui ou à côté de lui, en termes clairs et, qui plus est, je l'avais fait sans prétendre dire quelque chose de nouveau » [2]). C'est pourquoi il souhaitait vivement faire imprimer ses dissertations ; mais trois années s'écoulèrent avant qu'il trouvât un imprimeur. Finalement la société bipontine, qui lui était fort reconnaissante de son édition d'Athénée, voulut bien en faire les frais. Elle donna en 1806 les *Opuscula academica* [3]) dont la première partie comprenait les anciennes dissertations philosophiques, la seconde quelques-unes des dissertations philologiques. L'ouvrage fut sans doute loué. Stiévenart, qui, au moment de la mort de Schweighaeuser, suppléait le fils dans la chaire de la Faculté des lettres, dira : « A chaque page de ce recueil trop peu connu, la justesse des idées le dispute à leur lucidité : c'est peut-être un des chefs-d'œuvre de la philosophie du bon sens » [4]). Mais le recueil de Schweighaeuser a sombré dans l'oubli ; celui qui aujourd'hui en parcourt les pages ne peut que rendre hommage à l'élévation de ses idées morales, à ses sentiments chrétiens comme à la netteté et à l'élégance de son latin [5]).

---

[1]) *Athenaei Naucratitae Deipnosophistarum libri quindecim*, ex optimis codicibus nunc primum collatis emendavit ac supplevit, nova latina versione et animadversionibus cum *Is. Casauboni* aliorumque tum suis illustravit commodisque indicibus instruxit Johannes *Schweighaeuser.* Argentorati, ex typographia Societatis Bipontinae. Les 5 volumes de l'édition, 1801-1805, les 5 volumes d'*Animadversiones*, 1801-1807. La bibliothèque de la Sorbonne possède l'exemplaire même de Schweighaeuser où celui-ci a intercalé des notes nombreuses. Cet exemplaire a appartenu ensuite à Wl. Brunet de Presle et Emile Egger.

[2]) Publié par A. Laquiante, dans son *Guillaume de Humboldt, Lettres à Geoffroi Schweighaeuser*, p. 204.

[3]) Ouvrage cité, p. 176, n. 4, plus haut.

[4]) *Eloge historique de M. Jean Schweighaeuser.* Strasbourg, F.-G. Levrault, 1830, p. 17.

[5]) Voir l'article de Schnitzler, dans la *Revue encyclopédique*, t. XLVI, p. 297.

Cependant, en 1802, l'Ecole centrale avait été fermée et remplacée par le lycée. Mais, dans ce lycée, admettra-t-on des professeurs protestants? Schweighaeuser exprima des craintes à ce sujet; et son ami le tribun Guillaume Koch le dut rassurer. Puis, dans les programmes des lycées, aucune place n'était faite à l'enseignement du grec. Fourcroy, chargé de la direction et de la surveillance de l'instruction publique, avait bien admis le grec dans son projet de règlement; le premier consul l'avait rayé; et en vain Schweighaeuser plaida en faveur du maintien de cette langue. L'helléniste dut par suite se borner à demander à être chargé de l'enseignement de la langue et littérature latines, s'offrant à donner des leçons de grec sur demande des élèves. Pourtant c'est en vain qu'il se fit recommander par Koch, par Voyer d'Argenson, par La Porte du Theil à l'inspecteur général de l'instruction publique Noël et au commissaire de l'Institut pour l'organisation des lycées Coulomb [1]). Sa candidature fut écartée, sous pré

[1]) Nous publions ici la demande qu'il adressa aux citoyens Noël et Coulomb le 13 prairial an XI (2 juin 1803).

« Dès la première ouverture de l'Ecole centrale du département du Bas-Rhin, le citoyen Schweighaeuser a eu la place de professeur de langues anciennes dont il a fait les fonctions jusqu'à ce moment. Ce qui l'avait engagé à demander cette place, quoiqu'il était *(sic)* encore professeur à l'Université et qu'en cette qualité il jouissait d'un traitement de la fondation de Saint-Thomas, c'était d'un côté le désir d'ouvrir un champ plus étendu à son goût décidé pour l'instruction de la jeunesse et d'un autre côté la nécessité par laquelle, après de grands sacrifices antérieurs et après la perte récente de presque toute sa fortune et celle de son épouse, il s'est vu forcé de chercher à se réunir avec le modique revenu qu'il tenait de l'Université un autre traitement quelconque pour pouvoir subsister honnêtement avec sa famille.

Les mêmes raisons l'engagent et l'obligent aujourd'hui à demander au lycée qui doit s'organiser une place analogue à celle qu'il a eue jusqu'ici à l'école centrale.

Il n'ignore pas que dans l'arrêté consulaire sur l'organisation des lycées il n'est rien dit de l'organisation de la langue grecque; mais il est persuadé que ce silence ne saurait se fonder sur ce que l'utilité et la nécessité de cet enseignement auraient échappé à la pénétration et aux vues paternelles du Gouvernement. On a voulu faire une disposition générale et l'on a vu qu'il ne serait point nécessaire, ni même possible peut-être, de faire entrer l'enseignement de la langue grecque dans le plan de chacun des lycées qui doivent être organisés sur les différents points de la République. Mais l'on s'est réservé sans doute de pourvoir à cet enseignement, d'une manière ou d'autre, dans certaines villes du moins où des considérations particulières semblent l'exiger. Et Strasbourg ne peut manquer d'être de ce nombre, ne fût-ce que par la raison que de tous temps la littérature ancienne, comme toutes les branches des connaissances, y ont été en honneur, mais encore surtout parce qu'elle a une école de médecine et qu'il n'est pas possible que le Gouvernement voudra avoir fondé une Ecole de Médecine dans une ville où il n'y eût point d'établissement national dans lequel les élèves puissent s'instruire dans la langue d'Hippocrate et de Gallien.

Si ce n'est pas au lycée que cet enseignement serait réuni, le soussigné aime à se persuader que le Gouvernement ne manquera pas d'organiser à Strasbourg, sous une forme quelconque, un établissement national pour l'enseignement de la langue et littérature grecques, et en ce cas il prie le citoyen inspecteur général et le citoyen commissaire de l'Institut national de vouloir bien interposer leurs bons offices pour faire agréer au Gouvernement les services que le soussigné croit devoir lui offrir en cette partie;

texte qu'on lui réservait une place à l'Académie protestante qui était orga-
nisée à ce moment et qui devait comprendre les professeurs de l'ancienne
Université. On s'excusa en lui disant qu'une place au lycée était au-des-
sous de ses mérites. L'Académie protestante, à laquelle il fut appelé, devait
former les pasteurs dans une section propédeutique où l'on apprendrait
langues anciennes et sciences, puis dans la section théologique. Les
anciennes fondations de Saint-Thomas restaient réservées à cette Académie
qui devint le Séminaire en 1809 quand furent créées les Académies, cir-
conscriptions universitaires. Schweighaeuser put ainsi expliquer du grec
au moins avec les étudiants en théologie [1]). Le programme de l'année scolaire 1807—1808 que nous avons sous les yeux nous apprend qu'il expli-
quait des extraits des orateurs et historiens dit attiques d'après l'édition
de Jacobs et il se proposait dans le semestre d'été, *si qui poetica nonnulla
desideraverint*, d'expliquer des fragments de *l'Iliade*. L'annonce des cours
est précédée d'une dissertation du recteur qui sortait de charge : c'était
Jean Schweighaeuser (l'Académie avait conservé les usages des anciennes
Universités), et la dissertation est un magnifique éloge du *Tableau* de
Cébès, ce *liber aureolus* [2]). L'Académie avait obtenu du premier consul la
possession de l'ancienne bibliothèque universitaire. Quand le bibliothécaire
Jean-Jérémie Oberlin mourut en 1806, Schweighaeuser fut nommé à cette
place qui ajoutait un modeste appoint à ses revenus et qu'il cédera à son
fils Geoffroi en 1815 — il avait alors 73 ans. Il publia de son prédécesseur
Oberlin un bel éloge académique qui est un document d'histoire [3]). Et
comme tous les livres qui provenaient des anciens couvents venaient
d'être apportés dans le chœur du Temple-Neuf, il les rangea, aidé par son
collègue Herrenschneider ; avec vaillance le vieillard s'acquitta de cette
rude besogne.

Pourtant sa situation allait s'améliorer, quand, en 1809, furent créées
les Facultés de Strasbourg. On ne pouvait lui opposer qu'une chaire à la
Faculté des lettres était indigne de lui, et du reste on cherchait à attacher
à la nouvelle institution tout ensemble des protestants et des catholiques,
un maître de l'ancienne Université luthérienne, un professeur du séminaire
catholique, des professeurs du lycée. Le 20 juillet 1809 Schweighaeuser était
nommé « à la place de professeur de littérature grecque à la Faculté des
lettres de l'Académie de Strasbourg » qui devait comprendre en tout six
chaires. La nouvelle lui fut annoncée par le proviseur du lycée, Hess, faisant
les fonctions de recteur intérimaire de l'Académie. Puis, comme l'article 31
du décret impérial du 17 mars 1808 portait qu'aux fonctions de professeur
de Faculté répondait le grade de docteur. Louis de Fontanes, sénateur,
grand-maître de l'Université impériale lui envoya le 3 juillet 1810 le

---

mais en attendant, il les supplie de vouloir bien s'intéresser à ce que cette
même branche importante d'enseignement ne souffre point d'interruption,
mais qu'elle puisse être continuée sur le pied qui a eu lieu jusqu'ici, jusqu'au
temps qu'il plaira au Gouvernement de l'organiser sous telle forme qu'il
jugera à propos. Signé : Jean Schweighaeuser ».

[1]) Le grec ne fut introduit dans les lycées que sous la Restauration,
vers 1822.

[2]) 3 feuilles in-fol. Argentorati typis Ioh. Henrici Heitz.

[3]) *Memoriam Jeremiae Jacobi Oberlini aequalibus posterisque com-
mendat Academia Argentoratensis.* Argentorati, 1806.

diplôme de docteur. Schweighaeuser avait certes des titres à ce grade par ses écrits académiques et ses belles éditions ; mais quelques-uns de ses collègues furent nommés docteurs de la même façon et ils n'ont jamais écrit une ligne ! Schweighaeuser était en même temps nommé doyen de la Faculté et il gardera ce double poste de 1809 à 1824, se faisant seulement suppléer de temps en temps dans sa chaire par son fils Geoffroi ; au moment où il prit sa retraite, il avait 82 ans. Les appointements d'un professeur de Faculté étaient de 3.000 francs, ceux du doyen de 4.000 et Schweighaeuser continuait d'exercer ses fonctions au Séminaire protestant et de toucher ainsi la prébende de Saint-Thomas. Le 16 frimaire an XIV (7 décembre 1805), par décret daté d'Austerlitz, l'Empereur lui accorda une pension annuelle de 800 frs [1], et le 21 août 1811, l'archichancelier donna ordre d'inscrire pour cette somme Schweighaeuser sur les registres du trésor. Ce n'était certes pas la fortune qui lui venait; mais du moins put-il terminer ses jours en une honnête aisance.

Il jouissait de la considération générale. Depuis l'origine il faisait partie de la société libre des sciences et des arts de Strasbourg, comme l'un de ses fondateurs et de ses membres résidants ; en 1819, il en fut nommé président. En 1802, il était nommé membre de la société de Nancy qui portait le même titre et qui devint l'Académie de Stanislas. Nous avons déjà dit qu'il était associé non résidant de l'Institut. Quand, sous la Restauration, l'Institut fut réorganisé, l'Académie royale des inscriptions et belles-lettres s'empressa de lui accorder l'une des dix places d'académicien libre, créées par l'ordonnance du 21 mars 1816, et le secrétaire perpétuel Dacier, en lui annonçant cette nouvelle, le félicita, le 2 août, de « ses grands et utiles travaux ». Lors de la première Restauration, Louis XVIII qui cherchait à flatter les protestants de Strasbourg lui accorda le droit de porter la croix du lys ; mais ce n'est que plus tard, le 1er octobre 1821, « et de notre règne l'an vingt-septième » qu'il le nomma chevalier de l'ordre royal de la légion d'honneur. Disons tout de suite que la société royale de Londres lui envoya en 1826, en témoignage spécial d'estime une médaille en or [2] qu'il déposa à la bibliothèque et sans doute elle a disparu avec la bibliothèque elle-même.

Schweighaeuser répondit à ces honneurs, en continuant de travailler. Sans doute son enseignement à la Faculté des Lettres comme au séminaire protestant manquait un peu d'éclat ; tous les témoignages des contemporains concordent à ce sujet. Il se bornait à expliquer avec une grande conscience les auteurs grecs, à proposer des variantes, à corriger les leçons fautives : il s'attardait à des subtilités grammaticales, sans donner des notions de littérature, sans montrer le développement de la pensée grecque

---

[1] La nouvelle lui fut annoncée par une lettre du ministre de l'Intérieur datée de Paris, 25 janvier 1806. Nous supposons fort que cette date d'Austerlitz a été mise à Paris, pour produire un effet.

[2] Le secrétaire de la société lui annonça la nouvelle par une lettre du 20 mai. La médaille était donnée *for your eminent services in the cause of litterature*. Schweighaeuser était en correspondance suivie avec les savants de Londres qui rééditaient en ce moment le *Thesaurus* de Henri Estienne. Il leur envoyait des corrections et additions qu'on trouve dans cette édition.

et l'excellence de l'antiquité classique[1]) : et il s'adressait à des débutants mal préparés à faire des éditions. Mais les éditions qu'il donna à la fin de sa vie vont ajouter à sa gloire. Précisément l'année même où il fut nommé professeur à la Faculté des lettres, faisant pour une fois infidélité au grec, il donna, dans les collections de Deux-Ponts, en deux volumes, l'édition des lettres de Sénèque à Lucilius. Il existait à la bibliothèque de Strasbourg dont il avait la garde trois manuscrits de ces lettres. Un professeur de Francfort, Christophe Mathaei, demanda à Schweighaeuser de les collationner : mais on s'aperçut combien l'un des manuscrits différait des anciennes éditions, chargées d'interpolations. A la demande de Mathaei, Schweighaeuser donna le texte tel que sans doute il était sorti de la plume de Sénèque[2]). Puis, revenant à la Grèce, il s'attaqua dès l'année suivante à Hérodote.

Il avait alors 68 ans et son travail parut en 1816 à Strasbourg en six volumes[3]), quatre volumes pour le grec et la traduction latine, deux volumes pour les annotations de Wesserling et Valckenaër, auxquelles il joignit ses observations propres[4]). L'édition d'Hérodote, remarquable pour l'époque, est pourtant aujourd'hui abandonnée. La classification des manuscrits a été établie d'une manière plus sûre. Puis on a pu reprocher à Schweighaeuser de n'être pas assez familiarisé avec le dialecte ionien de celui qu'on a appelé le père de l'histoire, de n'avoir pas compris le charme de son style. Mais on consultera toujours le lexique d'Hérodote qu'il publia huit années après à Strasbourg[5]), à l'exemple du lexique qu'il avait donné de Polybe.

A l'époque où parut ce lexique (1824), Schweighaeuser, âgé de

---

[1]) Souvent, du reste, depuis 1812, il se faisait remplacer par son fils Geoffroi, nommé professeur-adjoint à la Faculté des Lettres. Sur son enseignement, voir l'article cité de Louis Spach.

[2]) *L. Annaei Senecae ad Lucilium epistolae morales.* Ad fidem veterum librorum, in his trium nostrorum Argentoratensium, recognovit, emendavit, notisque criticis illustravit Johannes *Schweighaeuser.* Argentorati, ex typographia Societatis Bipontinae, MDCCCIX, 2 vol. in-8°. Un éditeur récent de Sénèque, C. R. Fickert, s'exprime ainsi sur cette édition : « Non facile quisquam eorum, qui de Senecae scriptis emendandis bene sunt meriti, Schweighaeuserum superat, virum perspicacis ingenii et subacti : qui si plures mstos contulere potuisset, non dubito quin pauca tantum relicturus fuerit posteris ».

[3]) Dès le 8 novembre 1812, il s'était adressé au général baron de Pommereul, directeur de l'imprimerie et de la librairie, pour lui demander que son édition d'Hérodote fût exempte du droit dont elle était passible. Celui-ci répondit favorablement le 26 novembre.

[4]) *Herodoti Musae sive Historiarum IX.* Ad veterum codicum fidem denuo recensuit, lectionis varietate, continua interpretatione latina, adnotationibus *Wesserlingii* et *Valckenarii* aliorumque et suis illustravit Johannes *Schweighaeuser.* Argentorati et Parisiis, apud Treuttel et Wurtz, MDCCCXVI. 6 vol. in-8°.

[5]) *Lexicon Herodoteum.* Instruxit Johannes *Schweighaeuser.* Argentorati et Parisiis, apud Treuttel et Würtz, MDCCCXXIV, in-8° en deux parties (avec un portrait de Schweighaeuser). En 1814, pendant qu'il était occupé de l'édition d'Hérodote, il avait donné à Strasbourg, chez Ph.-J. Dambach, des *Selecta ex Appiano et Athenaeo.* Il faut ajouter que Schweighaeuser avait aussi songé à publier le texte d'Hérodien et qu'il a collationné les variantes pour une nouvelle édition.

82 ans[1]), prit sa retraite comme professeur de la Faculté ; il fut nommé professeur honoraire, de même membre honoraire du Conseil académique où il avait siégé longtemps en qualité de doyen. Il avait le droit de se reposer. Il était presque aveugle, pouvait lire difficilement et avait peine à tracer ses lettres. Il eut encore une dernière douleur. Son fils Geoffroi, comme nous le verrons, fut prématurément frappé par la paralysie, obligé de cesser son enseignement. Père et fils passèrent désormais leurs journées dans la maison canoniale de la rue Saint-Thomas ou dans le jardin qui y attenait, tous deux attendant de la mort la fin de leurs souffrances. Tous deux étaient du reste admirablement soignés par leur fille et sœur Sophie dont le dévouement appelle tout naturellement la comparaison avec Antigone. L'été parfois on pouvait chercher un peu de calme à la campagne, particulièrement à Wasselonne. Les amis venaient du reste nombreux tenir compagnie aux deux vieillards ; car l'on peut donner ce nom au fils comme au père. Et Jean Schweighaeuser parlait encore de ses travaux. Il indiquait à Dahler quelles corrections il devait faire à l'édition et au lexique d'Hérodote et Dahler tenait ainsi prêts les matériaux d'une seconde édition dont tous les changements avaient été suggérés ou approuvés par le vieux maître.

Une fluxion de poitrine enleva Schweighaeuser le 19 janvier 1830, à l'âge de 87 ans et demi. Il s'était depuis longtemps préparé à la mort et avait pris des dispositions pour ses funérailles. « Durant toute ma vie, écrit-il en langue allemande dans son testament, j'ai aimé la simplicité. Je demande à mes enfants et ma ferme volonté est d'être enterré sans pompe ni vaines cérémonies ». On ne devait point se rendre à l'Eglise ni faire sonner les cloches. Son ami Dahler, professeur à la Faculté de théologie, fit une courte allocution à la maison mortuaire, devant le cercueil ; le pasteur de Saint-Nicolas, Th. Schuler, adressa un très court adieu devant la tombe, le 21 janvier[2]). Les Facultés de Strasbourg ne purent ainsi rendre hommage à l'ancien doyen ; mais elles prirent la résolution de se réunir à la salle des Actes de l'Académie et confièrent à Charles Cuvier, qui était tout ensemble professeur d'histoire à la Faculté et pasteur, de prononcer une oraison funèbre mi-laïque, mi-ecclésiastique[3]) ; et ainsi, par un moyen détourné, elles présentèrent leurs remerciements et leur hommage au maître le plus éminent de l'Académie à ses origines, à celui qui avait servi de lien entre l'ancienne Université protestante et les Facultés de l'Etat, qui avait abrité celles-ci à leur naissance sous le renom et la gloire de celle-là.

------

[1]) Le 26 juin 1822, sa famille et ses étudiants avaient célébré le 80e anniversaire de sa naissance. Des vers allemands qui ont été imprimés furent récités en son honneur et l'on couronna de lauriers ses beaux cheveux blancs.

[2]) Reden bei der Beerdigung von Hrn. Johann Schweighaeuser gesprochen am 21sten Januar 1830. in-8° de 20 p .

[3]) Voir *supra*, p. 5, note 2.

GEOFFROY SCHWEIGHÆUSER.

D'après un portrait attribué à Jean Guérin (1811)

CHAPITRE II.

Jean-Geoffroi Schweighaeuser

Jean Schweighaeuser eut pour successeur dans la chaire de littérature grecque son fils Jean-Geoffroi[1]) qui, depuis assez longtemps, le suppléait dans son enseignement[2]. Jean-Geoffroi était né le 2 janvier 1776 et, comme enfant, donna des preuves d'une intelligence précoce et d'une mémoire extraordinaire. Il entra à cinq ou six ans au Gymnase et avait terminé ses études secondaires au moment où éclata la Révolution. Il s'inscrivit le 30 septembre 1788 à la Faculté de philosophie, le 5 octobre 1791 à celle de droit dans l'ancienne Université[3]; mais, le 28 juillet 1792, à la suite d'une patriotique allocution du maire Dietrich, il partit, à 16 ans, avec une bataillon de volontaires, celui-là qui envahit le Palatinat et fut reçu avec acclamation dans Mayence; il prit part aussi à la retraite, puis en décembre 1793 à la nouvelle avance, après être allé embrasser les siens à Baccarat. Dans son havre-sac il porte l'*Anabase* et la *Cyropédie* de Xénophon, comme le jeune lieutenant Paul-Louis Courier l'*Iliade* et l'*Odyssée*. Au camp il compose des vers, non pas des vers français, mais, comme beaucoup d'Alsaciens de l'époque, comme Ehrenfried Stœber, des vers allemands, qui paraîtront plus tard dans l'*Almanach des Muses* d'Allemagne. Et nous saisissons immédiatement les différences profondes qui séparent le père et le fils, l'un esprit précis et net, grammairien et philologue, qui, même

---

[1]) Sur Jean-Geoffroi on consultera, outre les ouvrages indiqués plus haut sur les Schweighaeuser, Quérard, *La France littéraire*, donnant la bibliographie de ses travaux; *La Biographie spéciale des gens de lettres* (la notice mène jusqu'en 1842; l'exemplaire que j'ai sous les yeux a été corrigé par Jean-Geoffroi lui-même, alors paralysé); Th. Fritz, *Discours pour rendre les derniers honneurs à J.-G. Schweighaeuser*, précédé des discours prononcés dans l'église et sur la tombe. Strasbourg, Fr.-Charles Heitz, 1844; Ph. de Golbéry, *Notice sur Jean-Geoffroi Schweighaeuser* (dans l'Annuaire de la Société des antiquaires de France, 1849, parue aussi sur 4 pages très serrées, Strasbourg, imp. Huber, sans doute un extrait du Journal *L'Alsace*, dont il ne subsiste plus de collection, puis reproduite dans la *Revue d'Alsace*, 1869, p. 454 et ss.); l'article d'Ad. Michaëlis dans l'*Allgemeine deutsche Biographie*.

[2] En 1810 la Faculté des Lettres se composait de cinq professeurs et d'un suppléant. Quand Jean Schweighaeuser eut pris sa retraite en 1824, son fils passa dans sa chaire et la Faculté resta réduite à cinq membres: Bautain, Massenet, Hullin, de Saint-Venant et Schweighaeuser fils.

[3]) G. Knod, *o. c.*, I, 192 et II, 492.

comme philologue, s'est attaché aux seuls prosateurs ; l'autre, d'une grande
sensibilité qu'il tient de sa mère, poète et esprit chimérique, lâchant la
bride à son imagination. Pendant la campagne, il fait la connaissance du
commissaire des guerres Mathieu, qui le choisit comme secrétaire. Or,
Mathieu fut attaché, en 1795, au quartier-général de l'armée du Haut-
Rhin, à Colmar. Jean-Geoffroi logea chez Pfeffel, le poète aveugle qui décrivit avec une si grande précision les beautés de la nature, ces beautés qu'il
avait cessé de voir à sa vingtième année. Schweighaeuser imite le maître
dans ses nombreux essais poétiques ; mais il subit aussi la profonde
empreinte de la *Louise* de Voss — ainsi dans son poème *Emilie et Edouard*
— du Pseudo-Ossian et de Thompson. Puis, libéré du service, il voyage ;
il est envoyé à Paris pour collationner les manuscrits d'Epictète et nous
avons déjà parlé du mémoire qu'il lut à l'Institut le 2 janvier 1797, le
jour de ses vingt-et-un ans. Il revint à Strasbourg, remplaça pendant
quelque temps son père dans son cours de littératures anciennes à l'Ecole
centrale, publia une série de pièces de vers dans le recueil *Hora* que Cotta
faisait paraître à Tubingue, alla un jour faire visite à son éditeur, rencontra chez lui toute une colonie d'émigrés français, le comte Louis de
Narbonne, Suard, Camille Jordan, de Gérando, d'opinions politiques diverses, mais rapprochés par l'amitié. Il se lia avec eux et entretint avec
la plupart d'entre eux correspondance dans la suite. A la fin de 1798, il
retourne à Paris, collationne pour son père les manuscrits d'Athénée, notam-
ment le *Marcianus* dont dérivent tous les autres, et quatre manuscrits
du *Tableau* de Cébès.

Mais il lui faut se procurer des ressources et il cherche un préceptorat dans une famille distinguée, et c'est ainsi qu'il entra dans la
maison de Guillaume de Humboldt qui venait de s'installer à Paris avec
sa femme, la charmante Caroline de Dacheröden, et ses trois enfants, Caroline, Guillaume et Théodore. Il y fut traité avec une grande déférence,
avec tous les égards dus à son talent ; et toujours Humboldt et sa femme
restèrent en relations épistolaires avec lui, lui communiquant leurs impressions de voyage en Espagne, en Italie, à travers l'Allemagne, le ren-
seignant sur leurs lectures, lui demandant son avis sur les nouveaux
livres [1]. Puis à Paris ils l'introduisirent dans les cercles mondains, où
il rencontra Madame de Staël, Benjamin Constant, les frères Schlegel,
Joseph Chénier, Guinguené, Népomucène Lemercier, Andrieux, qui avait
été jadis à Paris l'homme d'affaire de la République de Strasbourg. Il fré-
quentait aussi les milieux plus austères des savants, le baron de Sainte-
Croix, Anse de Villoison, La Porte du Theil, Bitaubé, Millin, Clavier. Il
s'apprêtait à partir avec les Humboldt pour un voyage en Espagne, lorsqu'il apprit qu'il était réfractaire. Malgré ses services militaires antérieurs,
il tombait sous la loi de conscription. Il fut rappelé à Strasbourg, mais de
nouveau il fut admis dans les bureaux du commissaire des guerres Mathieu, qui allait devenir sous l'Empire intendant général et le baron

---

[1] Les lettres originales de Humboldt et de sa femme ont été léguées
par Ch. Mehl à la bibliothèque de Nancy ; elles ont été publiées, en traduction française, par A. Laquiante, Paris et Nancy, Berger-Levrault, 1893. Les
détails qui suivent sont empruntés à ces lettres et aux notes de Laquiante.

Mathieu de Faviers. En mai 1800, il fut, à cause de santé chétive, affranchi du service, et il se hâta de revenir à Paris[1]). Néanmoins, pour vivre, il dut accepter un préceptorat chez M. Cabanon, à Coquetot au voisinage de Rouen. Il s'y déplut et rentra à Paris. Le papa Schweighaeuser cependant à Strasbourg s'inquiéta et supplia son ami le tribun Christophe-Guillaume Koch de trouver à ce fils une position stable. Un moment il fut question pour lui d'entrer comme précepteur chez Mme de Staël ; mais elle allait être expulsée de Paris par le premier consul et il ne voulut point s'enfermer à Coppet. Finalement, sur l'intervention de Koch, il accepta un poste dans la famille Voyer d'Argenson. Ce descendant de l'ancien ministre de la guerre avait épousé Sophie de Rosen, l'héritière de la baronnie de Bollwiller, des seigneuries de Massevaux et de Dettwiller, veuve de Charles-Louis-Victor de Broglie, mort en 1794 sur l'échafaud. Si les droits seigneuriaux avaient disparu pendant la Révolution, Voyer d'Argenson et sa femme avaient conservé en Alsace une grande fortune territoriale qu'augmentait encore l'industrie créée par eux à Oberbruck et aux environs. Koch put se féliciter du service rendu à son ami. Il lui écrivit le 12 brumaire an XI (3 novembre 1802) :

« Vous ne me devez point de remerciements, cher ami et collègue, « pour le sort agréable que j'ai eu l'avantage de ménager à M. votre fils. « Il m'était bien doux qu'en rendant justice à ses talents, j'ai pu m'acquitter « en même temps de ce que je devais à l'amitié qui nous lie de même qu'aux « instances réitérées d'un excellent père[2]) qui prend vivement à cœur l'édu- « cation d'un fils unique et qui m'honore depuis longtemps de toute sa « confiance. Il est sans doute fort heureux pour M. votre fils et bien conso- « lant qu'à l'âge où il est et dans le siècle où nous vivons il soit dès à pré- « sent rassuré sur l'avenir et qu'en remplissant une tâche très honorable « il se voye dans la certitude d'un bien-être futur qu'il ne devra qu'à lui- « même, à son zèle et à son application. »

Jean-Geoffroi resta dix ans attaché aux Voyer d'Argenson, non sans qu'il eût souvent des velléités de rompre la chaîne. Il s'imposa à son jeune élève René d'Argenson, se lia avec le demi-frère de celui-ci, Albert de Broglie, le futur ministre de Louis-Philippe, se plut beaucoup aux séjours qu'il fit dans le château des Ormes, près de Chatellerault, fit d'ailleurs de nombreuses apparitions à Paris et continua de travailler aux sujets auxquels sa fantaisie ou toute circonstance l'entrainait. Il écrivit dans diverses revues tant allemandes que françaises, fit connaître dans les premières, par exemple dans les *Französische Miscellen* qui parurent à Tubingue depuis 1803 les nouvelles littéraires et artistiques de Paris, dans le *Magasin encyclopédique* de Millin celles de l'Allemagne. Il collabora au *Publiciste*

---

[1]) C'est à ce moment que, pour conserver à l'Eglise protestante d'Alsace les biens que la Constituante lui avait laissés, il écrivit sa brochure : *Observations sur la résolution du 11 ventôse an 7, concernant la vente des biens affectés au culte et à l'enseignement des protestants.* Le Conseil des Cinq-Cents, par cette résolution, avait mis ces biens à la disposition de la nation ; mais le 18 brumaire survint, avant que le Conseil des Anciens se fût prononcé et la résolution ne devint pas une loi. Schweighaeuser demandait au premier consul le maintien des fondations de Saint-Thomas et autres ; et on sait qu'il fut fait droit à cette demande.

[2]) M. Voyer d'Argenson.

et aux *Archives littéraires* de Suard, où il donna une curieuse dissertation sur un village du Poitou, au voisinage du château des Ormes, dont les habitants habitaient dans des cavernes et aussi un fragment du *Tableau littéraire de la France au XVIIIᵉ siècle* [1]. Il avait présenté sous ce titre un gros mémoire qui est demeuré manuscrit — notre dossier en contient un brouillon — à un concours de l'Institut pour l'année 1806 ; mais le prix fut attribué à de Barante. Le travail témoigne d'une vaste érudition ; Geoffroi Schweighaeuser s'est appliqué à rendre justice non seulement aux représentants des divers genres littéraires, mais aux historiens et aux travaux scientifiques. Il cite l'*Alsatia diplomatica*, de Schœpflin, l'*Histoire des Révolutions de l'Europe*, de Koch, et aussi les excellentes éditions de Jean Schweighaeuser. En 1802, le comte de Schlaberndorf qui publiait une nouvelle édition des Caractères de La Bruyère le pria d'éditer pour le troisième volume les Caractères de Théophraste. Jean-Geoffroi s'acquitta avec zèle de ce soin et fit précéder l'édition d'un « Aperçu de l'histoire de la morale en Grèce avant Théophraste » [2]. Il collabora au *Musée Napoléon*, ces belles livraisons que les frères Piranesi donnaient au public, sous la direction de Visconti [3]. Il y annota les 80 premiers tableaux ; une maladie grave le força ensuite à laisser la plume à Petit-Radel. Mais son travail sérieux, celui qui le préoccupa longtemps, c'était d'établir le texte, de traduire en latin, et d'annoter les *Indica* d'Arrien, cet Arrien qui nous a conservé le Manuel d'Epictète dont jadis déjà il s'était occupé. Il fut encouragé vivement dans son dessein par Sainte-Croix, l'auteur de l'*Examen critique des historiens d'Alexandre*. Il établit son édition avec soin, acheva la traduction, composa de nombreux mémoires sur l'Inde en général, ses origines, son développement. Il s'inquiéta de l'Inde aussi bien à l'époque de la conquête de Bacchus qu'à celle de la conquête d'Alexandre et à l'Inde moderne. Il songea à partir pour l'Inde à travers la Russie, et, en voulant réconcilier le christianisme avec les anciennes religions de l'Asie, il passa par une crise de religiosité mystique. Cependant l'éditeur auquel il s'était adressé fit banqueroute au moment où l'ouvrage allait paraître. Et tout fut suspendu. Au moment où de Golbéry écrivit sa notice si précise sur son collaborateur, ces manuscrits existaient encore ; nous ignorons ce qu'ils sont devenus.

Dans l'intervalle, en 1809, le comte d'Argenson avait été nommé préfet du département des Deux-Nèthes et Schweighaeuser suivit à Anvers son élève. Et en Belgique devant tant d'admirables tableaux son goût pour l'histoire de l'art s'éveille. Il publia un *Tableau chronologique des peintures les plus célèbres depuis la renaissance de l'Art jusqu'à la fin du XVIIIᵉ siècle, distribué par écoles et par siècles.* L'ouvrage fut aussitôt traduit en allemand.

Au moment de la constitution de la Faculté des Lettres de Stras-

---

[1] On trouve aussi des articles de lui dans le *Moniteur*. Ainsi en messidor de l'an XII, il publia une *Notice sur la vie de M. Schœpflin* qui a paru ensuite en plaquette, in-8⁰ de 15 pages.

[2] Paris, 1802. Voir dans le Magasin encyclopédique de 1803, la *Lettre à M. Millin sur quelques passages de Théophraste, Suidas et Arrien.*

[3] Les livraisons commencèrent à partir de 1804. (Tiré à part.)

bourg, Jean-Geoffroi fut nommé par arrêté du 19 juillet 1810 professeur adjoint et le 5 octobre de la même année, « sur le rapport qui a été fait de sa capacité, de sa bonne conduite et de ses services dans l'enseignement », il reçut le diplôme de docteur ès lettres « pour en jouir avec les droits et prérogatives qui y sont attachés par les lois, décrets et règlements tant dans l'ordre civil que dans l'ordre des fonctions de l'Université ». Il put pourtant rester encore deux années à Anvers auprès de son élève ; il ne prit possession de son poste qu'en 1812, amenant avec lui à Strasbourg le jeune René d'Argenson. Comme professeur adjoint il suppléait en général à la Faculté son père pendant le semestre d'été ; il le remplaça tout à fait en 1813 à la section préparatoire du Séminaire protestant. Il succéda aussi à son père en 1815 dans le poste de bibliothécaire des deux bibliothèques de la ville et de l'Université ; enfin à toutes ces fonctions il joignit celles de secrétaire de la Faculté des Lettres. Il assista au déclin de l'Empire [1]), fut envoyé en 1814 à Paris avec une députation protestante pour complimenter Louis XVIII et lui demander sa protection pour les luthériens d'Alsace [2]). Sur la nouvelle de la fausse mort de Brunck, il écrivit son éloge. Mais Brunck était devenu indifférent à tout ce qui le regardait et refusa de lire ce panégyrique comme il s'était désintéressé des manuscrits grecs récemment trouvés, de celui d'Aristophane entre autres, dont la découverte confirmait ses heureuses conjectures. Il écrivit aussi vers cette date, au nom du Séminaire, l'éloge de Christophe-Guillaume Koch, mort en 1813 [3]). Koch, qui avait rendu tant de services à la cause protestante, avait été nommé recteur honoraire lors de la fondation de l'Académie de Strasbourg alors qu'était nommé recteur effectif, M. de Montbrison, gendre de la baronne d'Oberkirch et l'un des amis des Schweighaeuser.

Dans les premiers temps de la Restauration, il se produisit en son esprit une véritable modification : ses pensées comme ses travaux vont prendre une autre direction. Il passa par une période de grande exaltation religieuse. Ce n'était plus la foi robuste de son père, resté fidèle jusqu'à la fin à l'orthodoxie luthérienne ; c'étaient une série de rêveries vagues où intervenaient toutes les sciences, les révolutions successives du globe, les catastrophes qui l'ont bouleversé, l'immensité des cieux, la géologie et l'astronomie. Il pensait que toutes les religions avaient des croyances communes cachées sous leurs mythes et traditions, et il avait foi en une réconciliation des peuples et dans une sorte de règne de Dieu sur cette terre. C'est dans cette disposition d'esprit qu'il composa dans l'été de 1814 son poème allemand, avec des notes françaises : *Die heilige Weltgeschichte oder die alten Religionen und Christus* [4]), dans lequel il tentait de réconcilier

---

[1]) Schweighaeuser se montra très hostile à l'Empereur, dont il détestait la tyrannie. Il traduisit en allemand l'écrit de Chateaubriand, *De Bonaparte et des Bourbons* et fit précéder sa traduction d'une *Patriotische Ermahnung an die Strassburger und Elsässer. Ein Nachtrag zu der deutschen Uebersetzung der Schrift von Herrn Chateaubriand.*

[2]) s. d. n. l. Bibl. universitaire, M. 22.795.

[3]) *Vie de Christophe-Guillaume Koch.* Strasbourg, Imprimerie Jean Henri.

[4]) Strassburg, s. d. Biblioth. universitaire, Cd. 148.634.

tous les cultes en un christianisme apuré et éthéré [1]). Il envoya ce poème à ses correspondants les plus illustres, ainsi à M. Vandenbourg, membre de l'Institut et censeur royal, le 14 mars 1815.

« J'ai été saisi, l'été dernier, pour la seconde fois de ma vie d'une sorte « de vertige intellectuel en voyant s'ouvrir devant moi comme un abîme « d'idées nouvelles, dans lequel mon esprit se perdait et se confondait. Mais « tandis qu'il y a dix ans je fus forcé de renoncer presque à tout ce que « j'avais rêvé dans ce moment de trouble [2]), il m'a paru cette fois que je « pourrai tirer du cahot de spéculations qui s'étaient formées dans ma tête « une combinaison historique très probable et qui, en appliquant les con- « naissances physiques et géologiques modernes à la critique des traditions « anciennes, rattachait ensemble l'histoire de la terre et celle du genre « humain... »

et comme il le dit dans une autre lettre du 7 mars,

« Mon dessein (était) d'éclairer les sublimes idées religieuses de l'anti- « quité du flambeau des sciences modernes et d'essayer d'épurer par ce « moyen les idées rétrécies, d'agrandir les vues mesquines dans lesquelles « sont tombées les croyances si belles et si bienfaisantes du christianisme. »

La destinataire de cette dernière lettre était Madame de Krüdener.

« La sublime proclamation de S. M. l'Empereur Alexandre sur l'amour « des ennemis a commencé à m'inspirer le désir de contribuer à la restau- « ration d'une religion qui inspire des sentiments si nobles à ceux qui la « professent d'un cœur pur, mais dont malheureusement d'autres abusent « pour des tendances toutes contraires. J'eus ensuite l'honneur de vous « être présenté et de vous voir abonder dans des sentiments si purs et si « bienfaisants. Le vœu de S. M. le roi de Prusse de voir la religion de ses « Etats prendre un essor nouveau me fut un nouvel encouragement. »

Ainsi la pensée de Jean-Geoffroi Schweighaeuser se perdait dans les plus hautes spéculations et dans les nuages. Et l'on conçoit combien ses leçons à la Faculté des Lettres comme au Séminaire protestant devaient différer de celles de son père. Le père se bornait à expliquer les textes grecs ; le fils négligeait le mot à mot pour se lancer dans les développements litté- raires, les considérations esthétiques et philosophiques. **Puis il exerçait** ses étudiants à la composition et à la poésie. Il les réunissait les dimanches dans sa maison, corrigeait leurs vers... C'étaient des vers allemands ; le fran- çais était sa langue courante, l'allemand restait réservé à la poésie, aux effusions lyriques et métaphysiques.

En 1816, ayant atteint la quarantaine, il se maria à Marie-Sophie Lauth, fille de l'illustre professeur d'anatomie à la Faculté de Médecine, de l'historien de cette science. La femme eut sur le mari la plus heureuse in- fluence. Elle s'intéressait à ses études, devint sa collaboratrice; plus tard elle sera sa garde-malade charitable et aimante [3]). Du reste à ce moment les études

---

[1] Dans la même note, *Die Stufen der Bildung* dont ne parut que le premier chant : *Auf dem Odilienberge im Herbst 1824*. Bibl. universitaire, M. C1.306.

[2] Lors de ses études sur l'Inde.

[3] Signalons une plaquette contenant les vers que Geoffroi adressa, le 30 juin 1822, à son beau-frère, Carl Lauth, pour le consoler de la mort de sa femme.

de Schweighaeuser vont prendre un autre cours ; il s'absorba moins en ses
hautes spéculations ; le grec fut réservé à son enseignement ; il va devenir
avant tout un archéologue et un historien de l'art. De loin en loin seulement, il s'occupa d'autres questions.   En 1821, au moment où la Grèce
s'apprêtait à secouer le joug turc, il fit à la Faculté des lettres un *Discours
sur les services que les Grecs ont rendus à la civilisation*[1]) et ce fut la
protestation de l'Alsace contre les atrocités turques. En 1823, comme la ville
de Harlem célébrait le quatrième centenaire de l'invention de l'imprimerie,
prétendant que dès 1423 on usait chez elle de caractères mobiles, S. Lichten-
berger publia en français et en allemand[2]) ses *Initia Typographica* dont
Schweighaeuser écrivit la préface.

Geoffroi Schweighaeuser, devenu bibliothécaire de la ville et du séminaire, avait sous sa garde, dans le chœur du Temple-Neuf, le Musée de monuments anciens, donné par Schœpflin, et ce Musée s'enrichissait des débris
antiques, trouvées sur le sol de la ville et des environs. Il fut ainsi amené
à l'archéologie. Or, en 1817[3]), l'Académie royale des Inscriptions et Belles-
Lettres voulut faire une enquête générale sur les anciens monuments
celtiques de la France, les *tumuli*, les pierres levées, les routes romaines, les
bornes milliaires, les anciens châteaux, les vieilles abbayes, les épitaphes,
les plus anciennes chartes ; elle posa ainsi douze questions aux savants
de province et promit une médaille d'or aux trois meilleurs mémoires qui
lui seraient adressées. Les préfets furent chargés de trouver des concurrents. Celui du Bas-Rhin, le vicomte Decazes, s'adressa à la société des
sciences, agriculture et arts du Bas-Rhin qui remontait à 1799 ; celle-ci
nomma une commission composée d'Arnold, professeur à la Faculté de
droit, Krafft et Geoffroi Schweighaeuser. Mais dans cette commission seul
Schweighaeuser travailla.   Il réunit toutes sortes de notes, qui ont été
publiées récemment[4]) : son mémoire envoyé en 1821 sur les pierres levées
fut honorée de la médaille[5]) ; les années suivantes, il continua d'adresser
des mémoires ; mais il ne pouvait pas, aux termes du règlement, recevoir
la médaille pour la seconde fois, quelle que fût la valeur de ses travaux.
L'Académie, pour lui témoigner son estime, le nomma membre correspondant. Du reste, en 1824, elle se déclara suffisamment instruite par les dissertations qui lui avaient été expédiées et le ministre de l'intérieur supprima
les médailles d'or.

Geoffroi Schweighaeuser se décida, du reste, à imprimer quelques-uns
de ces travaux[6]) et c'est ainsi que parurent les mémoires suivants :

---

[1]) Paris, 1821.

[2]) *Geschichte der Erfindung der Buchdruckerkunst*, 1821.

[3]) Déjà cette année Schweighaeuser donna dans la feuille mensuelle
l'*Alsa* d'Ehrenfried Stöber un article sur l'Alsace préhistorique, *Das Elsass
der Vorwelt*.   L'article a été republié à Mulhouse par Auguste Stöber en
1875, 25 p. in-8°.

[4]) Dr D. Goldschmidt, *Correspondance inédite du professeur J.-G.
Schweighaeuser avec la préfecture du Bas-Rhin au sujet de ses recherches
archéologiques*.   Strasbourg, 1912.   Extrait du Bulletin de la Société des
sciences, agriculture et arts de Basse-Alsace.

[5]) Le rapport de l'Académie sur le concours a été publié par Ch. Rabany, *o. c.*, p. 109.

[6]) Les mémoires manuscrits de Schweighaeuser étaient accompagnés
de cartes et de dessins, dus pour la plupart à sa femme Sophie Lauth.

Notice sur les recherches relatives aux antiquités du département du Bas-Rhin [1]); *Mémoire sur les antiquités romaines de la ville de Strasbourg* [2]); *Notice sur les anciens châteaux et autres monuments de la partie méridionale du département du Bas-Rhin* [3]); *Explication topographique du plan du mur païen* [4]), relevé pour la première fois d'une manière précise par le capitaine Thomassin. On pressait Schweighaeuser de réunir en volume ces articles ou plutôt de donner un ouvrage d'ensemble sur toutes les ruines de l'Alsace; mais par modestie, par crainte, il se dérobait, lorsque se présenta un collaborateur, pour porter avec lui le fardeau.

Philippe de Golbéry fut ce collaborateur. Sa famille était de lointaine origine auvergnate. L'un de ses ancêtres était venu au XVIIe siècle à Ensisheim comme architecte de la Régence autrichienne : ses descendants furent conseillers au Conseil supérieur d'Alsace à Colmar et, après la Révolution, attachés à la cour d'appel de cette ville. Philippe de Golbéry était l'un de ces magistrats distingués, que la jurisprudence ne détournait point du culte des belles-lettres et de l'histoire. Familier avec la production allemande, il avait traduit en français les livres de Niebuhr et de Schlosser. Golbéry qui habitait Colmar et en été son château de Kientzheim près Kaysersberg, traita du Haut-Rhin, Schweighaeuser du Bas-Rhin. L'ouvrage parut de 1825 à 1828 par livraisons in-fol. à Strasbourg sous ce titre : *Antiquités de l'Alsace, ou châteaux, églises et autres monuments des départements du Haut-Rhin et du Bas-Rhin.*

Il faut bien se rendre compte, pour apprécier cette œuvre, que nos Vosges étaient à cette époque une terre inconnue. On se montrait de loin les ruines qui en couronnaient les sommets; mais l'accès était difficile; point de chemins, point même de sentiers. Il fallait marcher à la découverte et à l'aventure. Nos deux archéologues étaient accompagnés par Madame Schweighaeuser qui prenait les dessins et souvent les accompagnait quelque savant de Paris ou d'Allemagne, ravi de contempler les beaux points de vue et d'admirer du faîte la plaine alsacienne : c'étaient Creutzer, Baehr, Letronne, Boisserée, Le Prévost, d'autres encore.

On s'était adressé pour la lithographie à Engelmann. Mais à ce moment Engelmann publiait les belles planches pour le *Voyage pittoresque dans l'ancienne France* dont Charles Nodier donnait le texte ; néanmoins, par patriotisme alsacien, il consentit à se charger aussi des *Châteaux*, séduit par le dessin du général baron Athalin, représentant le Girsberg, l'un des trois châteaux de Ribeauvillé, et dont la vue fut donnée avec la première livraison [5]).

Les autres se succédèrent à intervalles à peu près réguliers. Les deux auteurs se communiquaient leurs manuscrits et leurs épreuves. Ils échan-

---

[1]) *Annuaire du Bas-Rhin,* 1822, avec un supplément dans le *Journal de la société des sciences et des arts de Strasbourg,* t. I, p. 9.

[2]) Dans les *Mémoires* de l'Académie des inscriptions, t. II (1823), extrait du quatrième mémoire qu'il envoya à la compagnie.

[3]) Strasbourg, 1824.

[4]) Strasbourg, 1825, paru aussi en allemand, *Erklärung des topographischen Plans der die Umgebungen des Odilienberges einschliessenden Heidenmauer.*

[5]) Sur les dessins d'Athalin, voir la lettre qu'il adressa à Schweighaeuser le 8 décembre 1824 dans Ch. Rabany, *o. c.,* p. 114.

geàient à ce sujet une correspondance abondante. Les lettres de Schweighaeuser ont été déposées par Golbéry à la bibliothèque de Strasbourg et ont été détruites avec elle, en même temps que de nombreux documents sur le professeur strasbourgeois. Mais on devine bien la nature des observations de chacun : le magistrat cherchait à contenir l'imagination, présentait des objections aux hypothèses trop hardies du professeur ; et celui-ci combattait le scepticisme trop critique de celui-là. L'ouvrage eut du reste un grand succès ; l'édition fut bien vite épuisée. Il est encore consulté aujourd'hui avec fruit par les historiens ; amateurs et bibliophiles s'en disputent aux ventes les exemplaires.

Voici donc Schweighaeuser devenu historien de l'art. Pour préciser davantage ses idées sur l'architecture romane et gothique, il entreprit, en 1826, un voyage sur les bords du Rhin, visita les cathédrales de Spire, de Worms, de Mayence et de Cologne et consigna ses observations au t. III des *Mémoires des Antiquaires de Normandie* que Caumont venait de fonder. Et il réserva au *Morgenblatt* ses remarques sur les nombreuses antiquités romaines trouvées en ces régions. Il avait consacré trois livraisons des *Antiquités* à la cathédrale de Strasbourg ; il revint encore sur ce sujet, en écrivant le texte pour les *Vues pittoresques de la cathédrale de Strasbourg*, de l'officier de génie Chapuy, 1827, et corrigea, après sa visite des monuments rhénans, quelques-unes de ses précédentes assertions. Mais toujours il était hanté par ses idées religieuses. Il songea à prendre part à un concours proposé par l'Institut sur ce sujet : « Examen critique des sources de la chronologie de Georges, dit le Syncelle » et il pensait, à propos de cet auteur, pouvoir exprimer ses idées sur le développement de l'histoire, sur la part de vérité que renfermaient les religions païennes, sur l'excellence et les sublimes lumières d'un christianisme épuré ; mais la maladie, dont déjà il avait senti des prodromes, le terrassa. En vain il demanda un soulagement aux eaux de Baden, de Schintznach, de Gais au canton d'Appenzell ; il demeura paralysé. Il dut renoncer dès lors à son enseignement de la Faculté et du séminaire, en 1829, à 53 ans, et il se retira dans la maison canoniale qu'il occupait avec son père — cette douleur ne devait point être épargnée au vieux Schweighaeuser — et il traîna ainsi encore pendant 15 ans. Sa femme lui prodigua pendant cette longue maladie les soins les plus tendres, remplissant près de lui, comme il a été dit, le triple office de lectrice, de secrétaire et d'infirmière. Et pourtant pendant cette maladie longue et terrible, Geoffroi continuait de s'intéresser à l'archéologie ; il voulut augmenter ses collections et il acheta ainsi toute une série d'objets qu'on lui assurait provenir de Rheinzabern ; mais il fut la victime de faussaires éhontés [1]) ; il reçut aussi à ce moment un autre objet, très curieux, le baptistère d'Eschau qu'il décrivit dans le *Bulletin monumental* de Caumont, en 1834 [2]), et encore la même année il donna à la société des

---

[1]) Il fit publier 15 planches : *Antiquités de Rheinzabern*, qui parurent après sa mort avec de courtes observations. A cette époque aussi, il se livrait à des fantaisies étymologiques sur le celtique et l'étrusque ; il prétendait retrouver de l'étrusque dans les patois alsaciens.

[2]) Sa veuve fit hommage de ce baptistère à la bibliothèque de la ville ; il a été retrouvé dans les ruines du Temple-Neuf et se trouve actuellement dans les collections du palais Rohan.

antiquaires de France qui venait d'être créée une *étude sur les monuments celtiques du département du Bas-Rhin et des pays adjacents*. Le gouvernement lui conféra cette année la croix de la légion d'honneur. Mais déjà à ce moment cette belle intelligence jadis si vive s'obnubilait. Quand huit années après, en 1842, le congrès scientifique se réunit à Strasbourg, on lui demanda comme un suprème hommage de fournir un mémoire : il dressa une *énumération des plus remarquables monuments du département du Bas-Rhin*. Des étudiants de la Faculté de théologie lui signalèrent à ce moment une inscription runique qu'ils venaient, disaient-ils, de trouver sur les parois du Mennelstein. C'étaient quatre vers qu'ils avaient pris dans l'édition des Edda de Jacob Grimm. Schweighaeuser comprit cette inscription dans son énumération et ce fut là une farce véritablement indigne [1]. Deux années plus tard, le 14 mars 1844, Schweighaeuser fut enfin délivré, après être demeuré paralysé pendant quinze années. Le pasteur Schuler présida au service funèbre à l'église Saint-Nicolas, le doyen Delcasso, au nom de la Faculté des Lettres, le professeur Kreiss, au nom du séminaire protestant, lui adressèrent le suprème adieu sur sa tombe, et quelque temps plus tard, Th. Fritz, professeur à la Faculté de théologie et au Séminaire, lui rendit les honneurs académiques dans la salle des Actes de Saint-Thomas [2].

---

[1] Voir notre étude sur les anciens monuments du Sainte-Odile, dans *Le duché mérovingien d'Alsace et la légende de Sainte Odile*, p. 202-203.

[2] Voir la brochure de Th. Fritz citée, p. 1. Nous croyons utile d'ajouter à la biographie de Jean et de Jean-Geoffroi quelques renseignements sur celui qu'on a nommé le troisième des Schweighaeuser, Alfred Schweighaeuser, petit-fils de Jean et neveu de Jean-Geoffroi. Il était fils du commerçant François Schweighaeuser (cf. *supra*) et naquit à Strasbourg le 11 septembre 1823. Il fit ses études dans sa ville natale ; mais elles furent souvent arrêtées par la maladie. Pendant treize mois il resta cloué immobile sur le lit de douleurs ; puis il fut reçu à l'Ecole des Chartes d'où il sortit en 1849 avec le titre d'archiviste paléographe. Il entra peu après comme employé auxiliaire dans le département des manuscrits de la bibliothèque nationale. En 1854 il fut chargé de classer la bibliothèque municipale de Caen et s'acquitta avec succès de cette mission. Mais il demanda à revenir en Alsace et en 1856 fut nommé archiviste du Haut-Rhin à Colmar ; en 1858, il passa à Strasbourg comme archiviste et bibliothécaire de la ville ; c'était le troisième Schweighaeuser qui fut préposé à la bibliothèque (mais à ce moment l'administration de la bibliothèque de la ville et celle du séminaire étaient distinctes). L'état de sa santé l'obligea, en 1866, à donner sa démission, et il alla en demander le rétablissement au climat de Madère. Le seul travail qu'il ait publié fut sa thèse de l'Ecole de Chartes : *De la négation dans les langues romanes du Midi et du Nord de la France* qui parut dans la *Bibliothèque* de l'Ecole (3e série, t. II et III). Le projet qu'il eut d'éditer quelques-unes des chansons de geste du moyen-âge n'aboutit pas. En 1870-71, il subit le siège de Paris et apprit avec une indignation profonde la destruction de *sa* bibliothèque de Strasbourg. Puis il chercha à nouveau la guérison cette fois à Alger et revint à Paris où il s'éteignit le 26 avril 1876 dans sa 53e année. Il avait été soigné avec un admirable dévouement par sa sœur, Mlle Elisa, la dernière du nom de Schweighaeuser, si nous ne nous trompons. Son compatriote et camarade de l'Ecole des Chartes, M. Auguste Himly, prononça sur sa tombe un éloquent discours. (Voir Bibliothèque de l'Ecole des Chartes, année 1876.) Cf. Rabany, *o. c.*, p. 61-64 et 116-123.

CHAPITRE III

LA CHAIRE DE GREC DE 1829 A 1855

Depuis le jour où la maladie terrassa Geoffroi Schweighaeuser jusqu'à sa mort, soit de 1829 à 1844, pendant 15 ans, il garda le titre de
professeur de littérature grecque à la Faculté des Lettres et sa chaire fut
occupée par des suppléants qui se succédèrent assez rapidement. Ce fut
d'abord Jean-François Stiévenart, né à Commercy le 24 novembre 1794.
Il quitta l'Ecole polytechnique où il avait été admis, pour l'Ecole normale
(promotion de 1818), les sciences pour les lettres [1]. Licencié ès-lettres, un
hasard de nomination l'envoya comme professeur de rhétorique au collège
royal de Strasbourg. Encouragé par les maitres de la Faculté, il prépara
ses thèses, soutint, le 14 août 1827, sous la présidence de M. Bautain, les
44 propositions de sa thèse latine : *De ingenuarum artium metaphysica*
(23 p. in-4º) [2]; le 18 août suivant, sous la présidence de M. Hullin, sa thèse
française : *Considérations sur les dieux d'Homère* (40 p. in-4º) [3]. Tout en
s'occupant de sa thèse, il préparait une édition et une traduction des
poésies lyriques d'Horace ; le texte qu'il donna s'appuyait sur un codex
du XIᵉ siècle qu'il avait trouvé à la bibliothèque de Sélestat, si riche en
anciens manuscrits. Chaque ode était accompagnée d'une étude littéraire
et historique élégante [4]. L'ouvrage attira l'attention sur lui; aussi la
Faculté des Lettres lui demanda de suppléer Geoffroi Schweighaeuser : il

---

[1] *Mémoires de l'Académie de Stanislas*, 1859, I, p. IX.

[2] Argentorati, typis viduae Silbermann, 1827. Elle est dédiée à M. l'abbé Larivière, inspecteur de l'Académie de Strasbourg, « comme une dette
et un témoignage de ma respectueuse amitié ».

[3] Strasbourg, de l'imprimerie de Mme Vve Silbermann, place St-
Thomas, nº 3.

[4] *Poésies lyriques d'Horace*, traduction nouvelle, accompagnée
d'études analytiques et du texte, collationné sur les meilleures éditions cri-
tiques et sur un manuscrit de l'onzième siècle (*sic*) non encore consulté.
Paris, librairie classique de L. Hachette, 1 vol., in-8º de 479 p. Stiévenart a
signalé lui-même ce volume et rendu compte de ses intentions dans le
Journal de la Société des Sciences, Agriculture et Arts du Bas-Rhin, t. IV,
pp. 249-290 (on y annonce que l'édition est en vente chez l'auteur, Grand'
Rue nº 8). Cf. sur ce volume le rapport de M. Delcasso, alors professeur au
lycée. *Journal de la société*, t. V, nº 3, p. 251.

accepta cette proposition tout en continuant au lycée sa classe de rhétorique. Nous avons signalé plus haut l'éloge qu'il prononça de Jean Schweighaeuser, le 11 mars 1830, à la séance générale de la Société des sciences, agriculture et arts du Bas-Rhin, et ce fut comme un remerciement qu'il adressa au fils [1]. Mais tout suppléant veut devenir titulaire, et quand la chaire de littérature grecque fut devenue vacante à la Faculté des Lettres de Dijon, Stiévenart posa sa candidature et fut nommé le 21 juin 1831. Il fit à Dijon une belle carrière : pendant vingt années, de 1840 à 1860, il fut le doyen de la Faculté et mourut à Paris le 19 mai 1860, peu de temps après avoir pris sa retraite. Il reste connu par ses éditions et traductions de Démosthène et d'Eschine, du *Prométhée enchaîné* d'Eschyle, de l'*Iphigénie en Aulide* d'Euripide, des *Caractères* de Théophraste, de nombreux articles insérés dans les volumes des sociétés savantes [2]. L'Académie des inscriptions et belles-lettres l'avait nommé son correspondant.

Quelque mois après le départ de Stiévenart, le 3 mars 1832, un autre professeur du collège royal fut appelé à la suppléance de la chaire de grec, Marie-Nicolas-Joseph Caresme, né à Pont-à-Mousson le 22 août 1791. Pendant huit années il suppléa Geoffroi Schweighaeuser, tantôt se faisant lui-même suppléer au lycée, tantôt en menant de front les deux enseignements [3]; et sans doute ce surcroît d'occupation l'empêcha de faire ses thèses pendant longtemps. Ce n'est que le 26 décembre 1839 qu'il soutint, sous la présidence de Génin, sa thèse française : *Considérations sur Hésiode*. Il est vrai que cette thèse, dédiée à G. Schweighaeuser, le titulaire, pouvait passer alors pour fort longue : elle a 157 pages in-8° [4]. L'auteur, sans dédaigner l'érudition, s'applique surtout à faire ressortir les beautés de l'œuvre du poète grec. Pour être proclamé docteur, il restait à Caresme à faire sa thèse latine ; elle ne fut jamais écrite. Il mourut le 31 août 1840, à l'âge de 49 ans. Son successeur loua son zèle consciencieux dans l'accomplissement de ses devoirs, son dévouement absolu : mais il déplora qu'au bout de trente ans d'études continues il n'ait pu recueillir le fruit de ses généreux efforts. « Déjà il avait subi avec distinction la première épreuve du doctorat; déjà il avait mis la dernière main à sa dernière thèse et il touchait au moment

---

[1] Cf. n° du 1er avril, p. 54.

[2] De nombreuses études de lui ont paru dans les *Mémoires de l'Académie de Stanislas* dont il fut l'associé national, ainsi un *Parallèle du récit de la mort d'Hippolyte dans Euripide, Sénèque et Racine*, 1852, p. 44 ; *De la psychologie de Sénèque*, 1853, p. 86 ; *Hermias*, 1856, p. 261. Un plus grand nombre encore se trouve dans les *Mémoires de l'Académie de Dijon*, ainsi *Examen de cinq comédies d'Aristophane, suivi d'un examen synoptique des pièces de ce poète*, 1848 ; *De la comédie grecque*, 1851 ; *Idée du théâtre de Ménandre*, 1853 (sans doute aussi un résultat du concours ouvert par l'Académie française en 1853, cf. infra) ; *Une comédie de Théocrite : étude sur la quinzième idyle intitulée : les Syracusaines*, 1859. Citons encore de lui: *Essai sur le poète comique Eupolis; Une comédie de Cratinus*. Extrait de la *Revue de la Côte d'Or ; Une séance de l'Agora ou Démosthène à la tribune ; Orateurs et sophistes grecs*. Choix de harangues, d'éloges funèbres, de plaidoyers criminels et civils, de dissertations. Paris, 1862.

[3] Il passa dans la classe de rhétorique après le départ de Stiévenart, après avoir fait auparavant la classe de troisième.

[4] Strasbourg, imprimerie de G. Silbermann.

d'obtenir le titre qu'il ambitionnait depuis si longtemps, lorsque l'impitoyable mort vint le frapper d'un coup violent et subit » [1]).

Ce successeur qui a publié sa première leçon faite à la Faculté en novembre 1840 était Nicolas Olry, né à Epinal le 31 janvier 1804. Il était, lui, docteur depuis longtemps. Aussitôt sa licence conquise à la Faculté de Strasbourg, il avait passé le 17 août 1829, dont sa 25e année, sa thèse française sous un titre imité de Rivarol : *Considérations sur l'universalité de la langue française* (24 p. in-4°) [2]) ; il attendit encore un an et demi pour la thèse latine (27 janvier 1831), qui est intitulée : *De stricta inter ingenuas artes et religiosam fidem connexione* [3]), où il se donne ces qualités : *in eadem Facultate jam licentiatus, professoris munia obiens in collegio regio Argentorati, nec non Argentoratensis Academiae sodalis »*. Il était « divisionnaire » au collège royal de Strasbourg et membre de la Société des sciences, agriculture et arts du Bas-Rhin. Mais, malgré son titre de docteur, il dut s'en aller à la rentrée de 1831 au collège de Mulhouse, en qualité de régent ; il fit imprimer dans cette ville, en 1832, un *Discours sur la nécessité des études classiques pour les hautes classes industrielles*, prononcé sans doute à une distribution des prix, revint au collège de Strasbourg comme professeur suppléant et fut chargé de la classe de quatrième en 1834-1835 [4]) ; puis il partit à la rentrée d'octobre pour le collège royal de Moulins, sans doute avec le titre d'agrégé [5]). Le 20 février 1838, nous le trouvons au collège de Metz. Il y publie une brochure : *« Coup d'œil sur les Facultés des Lettres »* [6]), où il indique les différences qui doivent exister entre les collèges royaux, qui sont des établissements d'initiation et de culture générale, et les Facultés qui ont pour mission de faire la science ; il félicite le Gouvernement d'avoir ajouté aux six anciennes Faculté des lettres : Paris, Strasbourg, Toulouse, Caen, Dijon et Toulouse, quatre Facultés nouvelles : Lyon, Bordeaux, Rennes et Montpellier, et il dédie sa brochure à « Monsieur Jouffroy, membre de l'Institut et de la Chambre des députés ». Il ne demeura que quelques mois à Metz et, en septembre 1838, il accepta les fonctions de secrétaire de l'Académie de Nancy, qui ne possédait à cette date d'autre établissement d'enseignement supérieur qu'une Ecole préparatoire de médecine. Mais à Nancy existait aussi une Société royale des sciences, lettres et arts, dont la fondation se rattachait au roi de Pologne Stanislas ; et Olry, qui aimait bien les

---

[1]) Olry, *Discours prononcé à l'ouverture du cours de littérature grecque.* novembre 1840, 16 p.. in-8°. Strasbourg, imprimerie de G. Silbermann.

[2]) Strasbourg, imprimerie de Mme Vve Silbermann.

[3]) Argentorati, typis viduae Silbermann, 24 p., in-4°.

[4]) Le 26 mai 1835, il lut à la séance publique de la Société des sciences, agriculture et arts du Bas-Rhin une ode intitulée *1789-1830*. Il y célèbre la Liberté reconquise à ces deux dates :

   Reviens donc parmi nous. Déité révérée,
   Reviens, Liberté sainte, idole de nos cœurs !

Il fit imprimer ces vers à Moulins, 4 p., in-8°.

[5]) Il prend ce titre sur sa traduction des *Néméennes*.

[6]) 20 p., in-8°. Juillet 1838. Epinal, imprimerie de Gley.

honneurs académiques, y fut reçu dans l'espace de trois mois, d'abord
comme associé, puis comme membre titulaire. Il y prononça son discours
de réception le 21 mars 1839 sur le « beau idéal considéré comme principe
des beaux-arts » [1]), où il reprit quelques-unes des conclusions de sa thèse
latine, lut aux séances suivantes des vers, une traduction de l'Ode d'Horace,
I, 3. *Sic te, diva potens Cypri*, un chant lyrique à la mémoire de Pellet,
le poète d'Epinal célèbre dans la région, un chant lyrique en l'honneur
de Gilbert [2]). Mais ce secrétaire, qui aimait le grec, s'appliquait à comprendre Pindare et, en 1840, il publia à Paris une traduction des *Néméennes*
avec des notes, des arguments, des études et le texte en regard » [3]). Il reçut
pour ce travail les encouragements de Boissonade, Villemain, Victor
Leclerc, Firmin Didot, Burnouf et Schweighaeuser, son ancien maître de
Strasbourg ; c'est à Villemain, pair de France et secrétaire perpétuel de
l'Académie française, qu'il dédia le volume. Il connaissait du reste les
travaux allemands, ceux de Heyne, Hermann, Tafel, Bœckh, Dissen,
d'autres encore, et ce volume attira l'attention sur lui. On avait gardé son
souvenir à Strasbourg ; aussi à la mort de Caresme la Faculté des Lettres
le réclama comme suppléant de Geoffroi Schweighaeuser. Nommé le
27 octobre 1840, il prononça en novembre sa leçon d'ouverture où il chercha
de façon un peu vague à définir ce qu'est la littérature [4]). Il pouvait espérer
obtenir la chaire de Geoffroi Schweighaeuser ; mais il mourut quelques
jours avant lui, le 21 février 1844.

*   *   *

Le nouveau titulaire de la chaire de littérature grecque, celui qui
succéda aux deux Schweighaeuser, fut, comme les trois suppléants Stiévenart, Caresme et Olry, un Lorrain ; comme Olry, Faustin Colin était né à
Epinal le 18 août 1802 [5]). Son père était principal du collège et sous sa
direction l'enfant commença ses études d'abord à Epinal, puis à Dieuze.
Il les acheva au lycée de Nancy, au moment où son père, disgrâcié pour
avoir acclamé Napoléon pendant les Cent Jours, était envoyé à Pont-à-
Mousson. Les débuts furent pénibles pour le fils. A dix-sept ans, il est
nommé maître d'études au collège de Toul, puis envoyé dans une série de

---

[1]) *Mémoires de la société royale des sciences, lettres et arts de Nancy*,
1859, p. L. Un tirage à part à la bibliothèque régionale et universitaire de
Strasbourg, Bh. 100 364, porte la dédicace : « A Monsieur le baron Nau de
Champlouis, ancien député et préfet des Vosges.
  [2]) *Mémoires de la Société ... de Nancy*. 1838, p. 351 et 355; 1839, p. 252.
  [3]) Paris, Firmin Didot frères, 1840, 1 vol., in-8°, XXX-202 p. Sur la
couverture il prend le titre de « membre des Académies de Rouen, Metz,
Nîmes, Dijon, Nancy, Orléans, Strasbourg, Versailles, etc. ». Cet *etc.* est
amusant.
  [4]) Cf. supra, p. 10, n° 3. Signalons encore de lui un discours qu'il a dû
prononcer à l'une des nombreuses Académies dont il faisait partie. *De l'in-
fluence des lettres sur les institutions sociales au XVIIIe siècle.* 23 p., in-8°.
Bibl. régionale et universitaire de Strasbourg, C. 147.415.
  [5]) Nous avons consulté le dossier de Faustin Colin aux Archives
nationales. F. 17/c ; les dates que nous donnons diffèrent de celles qu'on
trouve chez O. Berger-Levrault, *Annales des professeurs et des Académies
alsaciennes.* p. 42.

collèges comme régent provisoire dans diverses classes, à Phalsbourg (1819-1824), Verdun (1824-1826), Saint-Dié (1826-1831). Ayant réussi à passer la licence, il est nommé régent définitif et revient au collège de Verdun où il est chargé de la classe de rhétorique (1831-1832), puis occupe la même chaire au collège de « Mülhausen », ainsi qu'on disait encore alors (1832-1833). Il remporte des succès dans ses classes, si bien qu'on veut l'appeler dans un collège royal. Il est nommé un moment à Troyes où il ne se rend pas, et est chargé, de 1833 à 1835, de la rhétorique à Limoges. Mais Colin avait une grande force de volonté : il avait décidé qu'il serait agrégé des lettres, « agrégé des classes supérieures de lettres », comme on disait alors ; à force d'énergie, en consacrant au travail personnel tous les loisirs que lui laisse l'enseignement, il emporte le titre si envié en 1835, est envoyé, le 12 octobre 1835, au collège de Strasbourg où il occupe successivement les chaires de troisième, de seconde, et, après la mort de Caresme, qu'il a parfois suppléé, celle de rhétorique. A Strasbourg, il entre en relations avec les maîtres de la Faculté : il prépare ses thèses. Le 30 juillet 1836, il soutient, sous la présidence de Delcasso, sa thèse française : *Etudes sur les rapports entre l'éloquence écrite et l'éloquence parlée* (37 p. in-8°) [1]), où revient le vers de Marmontel :

L'éloquence est dans l'âme et non dans la parole.

le 25 mai 1837, sous la présidence du même : *Gorgias Platonis* [2]), qui montre ses préférences pour le grec. Il travaille d'ailleurs à une traduction du plus difficile des auteurs, de Pindare, et quand la suppléance de Schweighaeuser fut vacante, après la mort subite de Caresme, il s'attendait à succéder à celui-ci à la Faculté. La nomination d'Olry lui fut une profonde déception. Quoi ! on allait chercher un secrétaire d'Académie à Nancy, alors qu'on avait sous la main un professeur du lycée, docteur ès-lettres et qui s'était adonné à l'étude du grec ? Mais Colin ne tarda pas à se ressaisir : il continua de travailler, mit la dernière main à sa traduction de Pindare, qu'il publia en 1841 [3]). Ce fut la première traduction complète en français du lyrique grec : Colin s'était initié à Strasbourg aux travaux allemands, comme Olry, et s'en est fortement inspiré [4]). Mais il ne s'arrête point aux minuties de l'érudition. Chez lui, l'enthousiasme déborde ; et, comme l'écrit son successeur à la chaire de littératures anciennes : « Jamais traducteur ne fut plus plein de son original : et à la verve dithyrambique qui d'un bout à l'autre passionne son introduction, on juge aisément que les transports et le beau feu du poète ont passé à son panégyriste » [5]). Notons encore — et ceci fait honneur à l'homme — qu'il rendit pleine

---

[1]) Strasbourg, de l'imprimerie F. G. Levrault, rue des Juifs, n° 33.

[2]) Argentorati, typis F.-G. Levrault, 1837, in-8°, 41 p.

[3]) *Pindare. Traduction complète. Olympiques. Pythiques. Néméennes. Isthmiques. fragments. avec discours préliminaire. arguments et notes.* Strasbourg, imprimerie Silbermann, in-8°, 1841.

[4]) Louis Spach (*Moderne Culturzustände im Elsass*. t. I, p. 142), après l'annexion de l'Alsace à l'Allemagne, reprocha vivement à Colin de n'avoir pas cité les érudits allemands dont il s'était servi : mais ce reproche nous paraît injuste. Spach, après 1871, voulait rabaisser tout ce que les Français avaient fait en Alsace.

[5]) Antoine Campaux. *Eloge de M. Colin*. dans : *Séance annuelle de rentrée des Facultés*. 15 novembre 1865, p. 74-75.

justice à la traduction des *Néméennes* d'Olry. La Faculté lui fut reconnaissante et n'attendait qu'une occasion de s'attacher Colin. Quand, en 1842, après le grave incident de Ferrari, le doyen Delcasso se fut chargé de l'enseignement de la philosophie [1]), la Faculté eut recours aux bons services de Colin pour assurer l'enseignement du latin (12 novembre 1842) [2]), et il s'en acquitta fort bien, tout en continuant sa classe de rhétorique. Mais quand, après la mort d'Olry, on l'appela comme chargé de cours de grec à la Faculté le 25 avril 1844, il renonça au lycée et, après une année de stage, il était nommé, le 24 juillet 1845 [3]), titulaire. A lui revenait le glorieux héritage des deux Schweighaeuser.

Il demeura professeur de grec pendant dix années, de 1845 à 1855. Et pendant ces dix ans, selon les expressions de M. Campaux, « il ne cessa de verser, sans compter, à un auditoire sympathique attiré et retenu par sa parole incisive et toujours pleine d'imprévu, les trésors longtemps amassés d'une verve et d'une érudition aussi inépuisables l'une que l'autre ». De cet enseignement il ne subsiste plus rien. Les auditeurs ou étudiants qui ont entendu ses leçons ont disparu. Les affiches indiquent les sujets des cours ; les rapports annuels du doyen en donnent un bref résumé. Ainsi nous savons que l'année scolaire 1853-1854, « le professeur de littérature grecque a montré les merveilleux débuts de ce génie poétique dont l'enfance créa, comme en se jouant, l'Iliade et l'Odyssée. Une érudition ingénieuse, relevée par une verve originale, a fait saisir dans les textes d'Homère, d'Hésiode et de Pindare, l'alliance du beau moral et du beau littéraire » [4]). Colin a pourtant publié une de ses leçons [5]), non pas une leçon d'ouverture, mais, si j'ose dire, une leçon de fermeture ; elle fut prononcée le 30 juillet 1849 — admirons cette date tardive dans l'année scolaire — elle résume pour les candidats à la licence et à l'agrégation les idées du professeur sur le *Phèdre* de Platon qui figurait aux programmes.

Nous n'avons pas à revenir sur l'incident qui opposa, en 1848, Colin à Lafite, nommé par le gouvernement de la République professeur de littérature française à la Faculté des Lettres ; nous l'avons exposé ailleurs [6]). En 1851, le nom de Colin fut prononcé avec éloge sous la coupole du palais Mazarin. L'Académie française avait l'année précédente invité « les jeunes

---

[1]) Cf. notre étude sur *Laurent Delcasso* dans *Revue d'Alsace*, 1920, p. 422-424.

[2]) Il recevait comme traitement la moitié disponible de la chaire de philosophie, l'abbé Bautain gardant le reste.

[3]) Une double présentation devait être faite pour la chaire par la Faculté et le Conseil académique. La Faculté présenta en première ligne Colin, en seconde ligne Arnould qui suppléait alors Génin dans la chaire de littérature française ; le Conseil académique, en première ligne Colin, en seconde ligne Hippeau qui suppléait Delcasso dans la chaire de littérature latine.

[4]) Rapport du doyen Delcasso, *Séance annuelle de rentrée des Facultés*, novembre 1854, p. 28.

[5]) *Du Phèdre de Platon*, 16 p., in-8°. Strasbourg, impr. Huder, rue des Veaux, 27.

[6]) *La chaire de littérature française de la Faculté des Lettres*, dans la *Revue internationale de l'enseignement*, 1925.

lettrés à la contemplation laborieuse de quelque chef-d'œuvre lointain et
moins connu de tous » — ce sont les termes du programme — et avait mis
au concours une traduction de Pindare complétée par une étude de toutes
les questions qui se rattachent au poète. Colin ne pouvait manquer de
prendre part à la lutte. Il remit sa première traduction sur le métier, chercha à pénétrer les secrets de l'esthétique de Pindare, se mit « en contemplation » devant ces chants lyriques. L'Académie française reçut quatorze
mémoires ; à vrai dire, dans aucun elle ne trouva l'œuvre entière qu'elle
demandait ; elle en retint toutefois quatre ; « l'auteur du premier est
M. Faustin Colin, professeur de littérature grecque à la Faculté des Lettres
de Strasbourg ; bien placé dans une chaire de la patrie de Brunck, et,
comme ce célèbre helléniste, sachant admirer avec passion ce qu'il com-
mente, il a refait pour ce concours un premier essai déjà publié et il a
su tirer du travail une ardeur qui n'est pas sans force. Il a respecté son
modèle » [1]). Ainsi s'exprimait M. Villemain, secrétaire perpétuel de l'Académie, dans son rapport lu à la séance du 28 août 1851 et je suppose que
ces compliments délicats ont réjoui le cœur du « courageux athlète » que
la savante compagnie « couronnait avec estime ».

Dans l'été de 1855, Colin participa à la série des cours que la Faculté
des Lettres fit à l'hôtel de ville et qui furent une manière d'événement
littéraire. Il s'était, depuis quelque temps déjà, attaché à l'étude de la
comédie grecque et il avait même fait imprimer un travail sur Ménandre
et son époque : mais il ne le publia point et se borna à le distribuer à
quelques amis [2]), puisque venaient de paraître à ce sujet les ouvrages de
Charles Benoît et de Guillaume Guizot [3]). Dans le cours de l'hôtel de ville,
il rechercha les origines de la comédie grecque et il crut la trouver dans
la comédie sicilienne, chez Epicharme, qui le premier aurait réuni dans
une œuvre de penseur et d'artiste toutes les conditions de la comédie des
honnêtes gens. Il développa cette thèse dans un joli volume sous ce titre :
Clef de l'histoire de la comédie grecque [4]), mais il ne put point la faire
triompher. Dans sa préface, il rappelle qu'à Strasbourg « on incline sans
doute respectueusement le drapeau devant toute œuvre solide et loyale

---

[1]) *Recueil des discours, rapports et pièces diverses lus dans les séances
de l'Académie française*, 1850-1859, 1ère partie, p. 454-455. Colin obtint une
médaille de deux mille francs. Les trois auteurs couronnés après lui (médaille de mille francs) furent M. Dehèque, ancien agrégé de l'Université ;
M. Albert-Henri-Constant Poyard et M. Fresse-Monval. Ces deux derniers
ont publié leur traduction en 1853 et 1854 avec la mention : Couronné par
l'Académie française. Il ne semble pas que Colin ait publié son mémoire ;
il s'en est tenu à la traduction parue en 1841.

[2]) Voir l'*Eloge de Colin* par A. Campaux. L'ouvrage n'est cité par
aucune bibliographie.

[3]) L'ouvrage de Charles Benoît, parut à Paris en 1854, celui de Guillaume Guizot en 1855. Ces deux ouvrages proviennent d'un concours ouvert
par l'Académie française et dont Villemain rendit compte en août 1853.
Nous supposons que Colin a été l'un des concurrents évincés et qu'à lui
s'applique cette critique du rapporteur : « Les vers ont nui à la prose ; et la
tâche que s'est imposée l'auteur de nous faire juger le style exquis de Ménandre par une version poétique de sa main a parfois trop démenti l'admiration qu'il exprimait pour son modèle ».

[4]) Paris, chez M. Charbonnier, rue Rochechouart, 71, in-12° de 292 p.

qui vient d'Allemagne ; mais à Strasbourg, on aime aussi un livre net, vrai, vif, parce que l'on est Français d'éducation et d'affection ».

Le livre de Colin ne porte point de millésime ; mais l'auteur prend sur la couverture les titres de « professeur de littérature ancienne et doyen de la Faculté des Lettres de Strasbourg ». Un grand changement venait en effet de s'accomplir dans la Faculté. Le Doyen Delcasso, après la mort subite de Jacques Rinn, venait d'être nommé recteur de l'académie de Strasbourg ; il avait occupé la chaire de littérature latine. Le Gouvernement trouvait qu'à la Faculté des Lettres les chaires étaient trop nombreuses. Elles étaient au nombre de six : philosophie, histoire, littérature grecque, littérature latine, littérature française, littérature étrangère. Par une mesure de médiocre économie, — le traitement d'un professeur était de 4 à 5.000 francs [1] —, les deux chaires de littérature grecque et de littérature latine furent réunies en une seule : littérature ancienne, et Faustin Colin fut chargé à la fois du grec et du latin [2]).

Il en éprouva un peu d'amertume qu'il ne cacha point dans son premier rapport de doyen. Cette dignité, à laquelle il avait été élevé [3]) en remplacement de Delcasso, ne le consola pas de la diminution de sa Faculté. Désormais, il expliqua avec les étudiants les auteurs grecs pendant le semestre d'hiver, les auteurs latins pendant celui d'été ; il traita au cours public des sujets parallèles dans les deux littératures, par exemple l'Art dans la littérature pendant le siècle de Périclès et pendant le siècle d'Auguste. Trois années, il lut à la séance de rentrée son rapport décanal, en novembre 1856, 1857 et 1858 ; mais, inquiet au sujet de sa santé, il demanda sa mise à la retraite et l'obtint le 24 mai 1859 ; il n'était âgé que de 57 ans et avait 40 ans de service [4]). Il avait été nommé chevalier de

---

[1]) Il avait en plus 500 à 700 francs, provenant des droits de baccalauréat que les examinateurs se partageaient.

[2]) Déjà en 1849, l'assemblée constituante avait voulu réunir en une seule les deux chaires de littérature latine et de littérature grecque. On invita alors la Faculté à choisir entre Colin et Delcasso ; ce projet causa un vif émoi. Les professeurs Cuvier, Bergmann, Lafite protestèrent avec énergie et il faut savoir gré à Lafite de s'être joint à ses collègues. Il rappelèrent que tant de fonctionnaires étaient jadis en congé et on va s'en prendre non à eux, mais à ceux qui ont toujours rempli leurs devoirs ! Colin écrivit de son côté : « L'assemblée n'a pas voulu frapper aucun professeur dans son rang, dans son titre, dans sa fonction, dans son droit reconnu et, je puis le dire, dans une propriété acquise par le travail de toute une vie. » Le projet de réduction fut alors abandonné.

[3]) Il fut nommé doyen par décret du 1er décembre 1855. L'évêque de Strasbourg, Mgr. Raess, était intervenu en sa faveur. La Faculté des lettres, disait-il, est réduite à cinq professeurs ; sur les cinq il y a trois protestants qui appartiennent en même temps au clergé de leur culte (Cuvier, Bergmann, Lafite). Il faut nommer un catholique et il recommande vivement Colin (l'autre catholique était Paul Janet).

[4]) Voici la note du 15 mars 1859 par laquelle le chef de division du ministre de l'instruction publique appuie sa demande de mise en retraite. « M. Colin est le modèle des professeurs : il n'a jamais ni demandé ni obtenu de congé : c'est un helléniste distingué. L'Académie a couronné sa traduction de Pindare. Laborieux et sans ambition, il doit à lui-même ce qu'il est. Son désintéressement est des plus méritoires et on peut dire qu'il a poussé jusqu'à l'héroïsme le dévouement à sa famille. Le jour même où il accomplit sa 40e année de service, il réclame une pension qu'il

la légion d'honneur en 1856: M. Rouland, ministre de l'Instruction publique, lui décerna dans une lettre très flatteuse le titre de professeur honoraire.

Colin garda sa résidence place d'Austerlitz, à Strasbourg, où il passait l'hiver avec ses livres, ses oiseaux, ses plantes exotiques et indigènes dont il avait rempli son modeste appartement; mais le printemps venu, il partait pour les Vosges ou la Forêt-Noire, s'installait sur le mont Sainte-Odile, à Gérardmer, aux abords du lac de Retournemer ou Longemer qui n'étaient pas encore envahis par les touristes. Il traduisait ses impressions de voyage en vers qu'il ne communiquait qu'avec une sorte de pudeur à ses amis. Il fut en 1861 l'un des fondateurs de la Société littéraire de Strasbourg, et, parfois, il y donnait lecture de poèmes [1]; mais il ne permit pas que ces vers fussent imprimés; et, après sa mort, Louis Spach les réclama pour le *Bulletin* de la Société [2]. Cependant, un mal qu'il avait dissimulé et qui fut la cause de sa retraite prématurée, se déclara ouvertement à son retour d'une excursion dans la Forêt-Noire; l'opération à laquelle il fallut recourir ne le sauva point et il mourut le 4 juillet 1865, laissant derrière lui sa mère presque nonagénaire, dont il avait entouré la vieillesse de soins. Le service funèbre fut célébré le 6 juillet à l'église de la Madeleine et, au cimetière Saint-Urbain, le doyen Bergmann se fit l'interprète éloquent des regrets unanimes. *Le Courrier du Bas-Rhin* écrit, en rendant compte de cette cérémonie: «M. F. Colin emporte mieux encore que les souvenirs qui s'attachent d'ordinaire au littérateur et au savant, — l'amitié profonde et la reconnaissance de tous ceux qui furent ses collègues ou ses élèves» [3].

Faustin Colin fut le dernier professeur de littérature grecque de la Faculté; il devint le premier professeur de littérature ancienne et eut pour successeur dans cette chaire, après Cambouliu au nom méridional sonore, Antoine Campaux, qui prononça à la rentrée du mois de novembre 1865, en termes très élevés et très chaleureux, l'éloge de son prédécesseur.

---

a gagnée par les travaux les plus recommandables. Il la réclame parce qu'il est à bout de forces : il n'a ni appui ni protecteur (je ne me rappelle pas l'avoir jamais vu): mais les antécédents plaident pour lui. »

[1] Dans la séance du 11 février 1862, il lut trois pièces de vers «La Châtelaine russe ou le premier progrès chez un peuple peu avancé. — Marceline, élégie, dans laquelle l'auteur fait sentir le danger d'une éducation hâtive. — Un père de famille chez les saltimbanques», dans la séance du 11 mars «M. Colin lit une pièce de vers dont le sujet est une visite faite par l'auteur dans la chambre que J.-J. Rousseau occupa en 1765 dans l'île Saint-Pierre.» *Bulletin de la société littéraire*. t. I, p. 31 et 32.

[2] Dans l'éloge qu'il prononça dans la séance du 11 juillet 1865. Bulletin, t. III, p. 12-18. Cet éloge a aussi paru à part, in-12 de 12 p., typographie de G. Silbermann. Trois des pièces de Colin sont publiées dans la suite du volume, p. 161-172, dans l'ordre suivant: Visite à la chambre de J.-J. Rousseau, avec la date de 1846. — Les Nains ou la jeune fille et la grand'mère: légende de l'Oberland bernois. — Éducation. Marceline. Élégie. On y donne aussi des fragments d'un récit en prose de Colin: «Une pêche aux truites au fond du Val d'Enfer.»

[3] N° du 7 juillet 1865.

INDEX DES NOMS PROPRES

TABLE DES MATIÈRES

TABLE DES GRAVURES

Fasc. 33. P. ALFARIC, **La Chanson de Ste Foy**, Tome 2. Traduction et Commentaire historique, 202 pages, 4 planches .. 20 fr.
Couronné par l'Académie des Inscriptions et Belles-Lettres (Prix Chavée).

Fasc. 34. A. C. JURET, **Système de la Syntaxe Latine**, 428 p. 40 fr.

Fasc. 35—36. G. ZELLER, **La Réunion de Metz à la France, (1552—1648).** 1re Partie, L'Occupation. 502 pages .. 40 fr.
— 2e Partie, La Protection, 400 pages avec index.... 35 fr.
(Couronné par l'Académie des Inscriptions et Belles-Lettres)

Fasc. 37. P. FLOTTES, **La Pensée politique et sociale d'Alfred de Vigny,** Documents inédits, 360 pages .... 40 fr.

Fasc. 38. E. LINCKENHELD, **Les stèles funéraires en forme de maison chez les Médiomatriques et en Gaule,** 180 pages, 30 figures et 4 planches dans le texte ; six planches hors-texte ....,..... 25 fr.

Fasc. 39. P. FOUCHÉ, **Etudes de Phonétique générale** 130 pages et 23 figures ....:...... 20 frs.

Fasc. 40. CHR. PFISTER, **Pages alsaciennes** *(Sous Presse).*

Fasc. 41. G. CHABOT, **Les plateaux du Jura central.** Etude morphogénique. 320 pages, 83 figures dans le texte. 4 planches hors texte .... 50 fr.

DEUXIÈME SÉRIE. — *In-16 carré.*

Facs. 1. S. ROCHEBLAVE, **Louis de Fourcaud et le mouvement artistique en France de 1875 à 1914.** 410 p., 1 pl. . 15 fr.

Fasc. 2. G. MAUGAIN, **Ronsard en Italie,** 345 pages ..... 15 fr.

Fasc. 3. H. GILLOT, **Delacroix peintre et écrivain** *(Sous Presse).*

SÉRIE INITIATION ET MÉTHODES.
(pour paraître en Octobre 1927 en petits fascicule bon marché)
La Papyrologie par PAUL COLLOMP
La Cartographie par H. BAULIG
Le Verbe allemand par M. CAHEN
Le Verbe français par P. FOUCHÉ

HORS SÉRIE.

BIBLIOGRAPHIE ALSACIENNE. Revue critique des publications concernant l'Alsace par un groupe de professeurs et de savants.
Tome I. 1918—1921, 362 p. .... 40 fr.
Tome II. 1922—1924, 500 p. .... 40 fr.

CHR. PFISTER, **Les Schweighaeuser et la Chaire de Littérature grecque de l'Université de Strasbourg,** 60 p. et 2 pl. 5 fr.

BULLETIN DE LA FACULTÉ DES LETTRES DE STRASBOURG.

Mensuel, paraissant le premier de chaque mois scolaire de Novembre à Mai.

Abonnement annuel (donnant droit au Livret de l'Etudiant).. 15 fr.

Chacune des années écoulées: 1922—1923.................... 30 fr.
— 1923—1924, 1924—1925, 1925—1926 .... 20 fr.

Numéro spécial du BULLETIN consacré aux COURS DE VACANCES .... 5 fr.

LIVRET-GUIDE DE L'ÉTUDIANT en Lettres à Strasbourg tenu à jour chaque année .... 4 fr.